청어詩人選 140

뒤뜰에 피고 있다

성종화 시집

청어 도서출판

뒤뜰에 피고 있다

성종화 지음

발행처 · 도서출판 청어
발행인 · 이영철
영 업 · 이동호
홍 보 · 최윤영
기 획 · 천성래 | 이용희
편 집 · 방세화 | 김명희
디자인 · 김바라 | 서경아
제작부장 · 공병한
인 쇄 · 두리터

등 록 · 1999년 5월 3일
(제321-3210000251001999000063호)

1판 1쇄 인쇄 · 2016년 1월 25일
1판 1쇄 발행 · 2016년 2월 5일

주소 · 서울특별시 서초구 효령로55길 45-8
대표전화 · 02-586-0477
팩시밀리 · 02-586-0478

홈페이지 · www.chungeobook.com
E-mail · ppi20@hanmail.net
ISBN · 979-11-5860-385-4 (03810)

이 도서의 국립중앙도서관 출판시도서목록(CIP)은 서지정보유통지원시스템 홈페이지
(http://seoji.nl.go.kr)와 국가자료공동목록시스템(http://www.nl.go.kr/kolisnet)에서
이용하실 수 있습니다.(CIP제어번호: CIP2016000685)

뒤뜰에 피고 있다

이 시집의 이름을 '뒤뜰에 피고 있다' 로 해보았다.

뒤뜰은 사람의 눈길을 기다리지 않고 저 혼자 피었다 지는 이름 없는 풀꽃을 연상하게 한다. 그 꽃은 처음부터 고운 빛깔일 수도 없을 것이다. 진한 향기도 내지 못할 것이다.

소월의 시 산유화에 '저만치 혼자서 피었다 지는' 그런 꽃으로, 산이 좋아 산에서 사는 새처럼, 서정시가 좋아 서정시를 쓰다가 가는 이름 없는 시인이 되기로 마음먹은 연유에서이다.

50년도 더 훨씬 전인 10대 후반에 여러 가지 사정으로 스스로 시 쓰기 마음을 접고 삶의 현장에서 선 인생을 살고 뒤늦게 인연이 닿아 시의 광장에 돌아와 보았으나 내가 설 땅이 없어 스스로 뒤뜰로 내 터전을 잡게 되었다.

앞뜰에 핀 화려한 모더니즘 시류時流의 향기를 감내할 수 없음은 말할 여지도 없거니와 엉거주춤 그 시류를 따라가려고 해도 우선 나 자신의 저 깊은 데 마음자리가 받아들이려 하지 않을 것이기 때문이다.

현대시가 난해難解하다고들 한다. 한마디로 너무 어렵다. 시는 읽으면 이해가 되고, 그 정감이 가슴에 와 닿아야 한다. 읽는 이의 영혼을 맑게 해 주어야 한다. 그런데 그렇지가 않다.

어느 중견시인이 최근 한 계간문예지에 발표한 자작시 시작법의 마무리 글에서 '현대시가 어려워지고, 상상할 수 없는 초월적인 상상력과 기법으로 인하여 풀어내기조차 어려워진, 이러한 어려운 시가 대접을 받는, 주목을 받는 시대가 바로 오늘이지만, 나는 가장 쉽게 다가가며, 가장 절실히 가슴을 울리는, 그런 서정시 한 편을 쓸 수 있는 시인이기를 오늘 바라고 있다'고 쓰고 있었다.

내가 쓰는 서정시가 시문학사적으로 어떤 평가를 받을지에 대하여 연연하지 않고 나는 내 나름대로의 누구나 쉽게 이해되고 감상할 수 있는 순수서정시를 앞으로 쓸 생각을 하고 있다.

내 아내가 현란한 현대 음악보다는 학창시절에 즐겨 불렀던 가곡 듣기를 좋아하고 KBS '가요무대' 시간을 기다리듯이 이 세상에는 내가 쓴 서정시를 좋아하고 애송하는 독자도 있을 것이라는 허황될지 모르는 생각을 하면서 이 시집을 펴내기로 마음을 먹는다.

이 시집을 내는 데 애써주신 여러분들이 있다.

따뜻한 시선으로 평설문을 써 주신 부산대학교 양왕용, 철학자의 입장에서 쉽게 이해가 되도록 독후감을 감상문 형식으로 한 편 한 편을 짚어주신 연세대학교 박순영, 저를 오늘이 있도록 지도해 주시는 경상대학교 강희근, 세 분 명예교수님에게 깊이 감사를 드린다.

그리고 어려운 출판사정에도 흔쾌히 출판을 맡아주신 도서출판 청어 이영철 대표님과 여러분에게도 고마움을 표한다.

차 례

제1부
사계四季의 소묘

제2부
금정산에는

제5부
언제 올려나 봄이

제6부
연작시 편

사계四季의 소묘

봄 산

깊은 산 계곡
옹달샘에

파란 하늘이 흰 구름 헹궈서
햇볕 바른 가지 끝에 말리고

산노루는
양지쪽 돋은 봄풀을 뜯는다

산새 한 마리
짝짓기 하려고 둥지를 트는가

산에는
봄날 긴 하루해

추풍령의 봄

두 개의 화폭이 천천히 다가온다

한 폭은
잔설이 쌓여있는 먼 산으로

또 한 폭은
햇볕 바른 과수원 길을 따라서

봄이 오고 있다

새마을호 열차가 천천히 아주 천천히
풍경을 완상하며 넘는다

추풍령 재를

봄을 실은 지하철

추운 날

빨래 줄에 앉은 제비 떼들
맨살의 종아리들

봄 하늘을 무수한 노고지리가
그 노고지리의 소리들이

봄을 가득 실은
노고지리의 소리들을 가득 실은 지하철이

눈이 내리고
지표에는 눈으로 덮인 아래로

달린다

둘레길에서

두릅나무 새잎 돋는
산 들머리

지붕 낮은
토담집 한 채

주인은
오래전에 집을 비웠나

함지박을 넘치는 샘물
뜬 흰 구름

한 땀 한 땀을 걸어서
지리산 둘레길을

벚꽃

숨소리 같은 흔들림에도
나래를 펴

한 잎 한 잎
바람에 불리어 지고

눈물처럼 맑아서
은은한 종소리로

호수 위에 점점으로 떠
흰 구름으로 흐르는가

뻐꾹새가 되어

꽃봉오리 피지 못하고 이승을 떠난 누이
어머니 가슴으로 뻐꾹새가 되어 돌아와
아침 한 나절을 슬프게 울고 가네

하얀 들찔레꽃 핀 길목에 나와 앉으면
가슴은 까맣게 탄 산뽕나무 오디열매
저 앞산 청솔은 왜 저리 푸르기만 하나

양산 가면서

홍가시나무 새잎이
오월 늦은 봄볕이 따가워 타고 있는

녹동* 마을 정류장 지나
사송* 못 둑으로 오르는 길

들찔레꽃 향이
갈 데를 몰라 바람을 따라 다닌다

양산천 물소리
하마 들려오려나

지난 날 더듬으며 간다
아득하다 멀다 내 고향 남강의 기억이

*녹동: 부산 노포동 삼거리에서 양산으로 넘어가는 고개 길목에 있는 마을
*사송: 녹동 다음 마을

16

휴정암 가는 길

금정산에서 약수터로 가려면
휴정암* 가는 산길을 찾아라

케이블카를 내려서
바른편 산길을 오르면, 거기

구절초 꽃 무더기 무더기로 피어있고
산바람도 시원하여 한참을 쉬다가는 곳

은은한 풍경소리는 산 능선을 따라서
어드메*에 암자 있음을 알려오는가

돌아 돌아서 가는 산길은
내 살아온 날 사연 같으니

*휴정암: 부산 소재 금정산 동문 부근의 고찰
*어드메: (고어) 어디, 어느 곳

가을 산에서

가을산은
마음 비우고
하늘 길을 따라 걸어라 하네

가을산은
사랑하는 사람을 앞세우고
억새꽃 능선 길을 걸어라 하네

언제쯤일까
흰 송이 꽃 빈 상여에
내 영혼이 실려 떠나가는 날

그날을 기다리며
억새꽃은 하얗게 피고
가을바람은 하늘 길을 열어주려나

운흥사지雲興寺址*를 지나며

무수히 무수히 지고 있는
나무 잎새

늦가을 바람 속에서
허허 하구나

운흥 동천洞天에 나뒹구는
저 부도浮屠는

그 날의 사연
알 길이 없구나

짧은 가을해 따라
갈 길 먼 나그네.

*운흥사지: 경남 울주군 웅촌에 있는 천년의 사적지. 지금은 부도 몇 개가 흔적으로 남아있습니다.

동지 산행

호수 둘레길
능선으로

밟고 가는 떡갈나무 마른 잎새 위에
흰 눈이 내려서 쌓여가네

먼 산 벼랑 위에는
산노루 물 위에 뜬 제 그림자 보는가

산새소리
호젓한 산길에

동지冬至 해 짧다
바쁜 걸음

겨울 산사에서

그믐 날
한결로 들려온다 목탁소리가

산바람에
마음 시려도

바위틈을 흐르는 물소리가
내안의 때를 씻어내면

세모의 찌든 때도
따라 헹궈져 나가면서

물소리가
바람소리로 목탁소리로

고향초故鄉草

눈이 내리는 호반湖畔

청솔 푸른 잎새 위에
쌓이는 흰 눈

호수 면에 뜨는
눈雪발 그림자

뒷산 딱따구리
나무 쪼는 소리에

늙은 사슴 한 마리

〈시작노트〉
진양호 호반의 별장에서 노후를 은거하는 친구 로중 형을 그려보았습니다.

진경眞景 산수화

흰 눈은 내려서 쌓이고

쉼 없는 붓놀림
선지宣紙 위 화필이

산 아래 마을이 저녁연기에 고즈넉하고
다랑이 논들이 눈발에 흐려져 오면

산기슭 소나무 군락은
짙은 운무에 묻혀 가구나

월아산* 정상의 아침

진주사람 산을 내려가며
지난밤 겸재*가 그려두고 갔나보군

*월아산(月牙山): 진주시 금산면에 있는 산(해발 471m)으로 산 중간 질매재 사이
  로 달밤에 보는 산세가 어금니 같다하여 월아산이라 이릅니다.
*겸재: 정선의 호. 조선 후기(1676~1759)의 문신, 화가. 대표작으로 〈인왕제색도〉
  (국보 제216호), 〈금강전도〉, 〈석굴암도〉, 〈노산초산도〉 등이 있습니다.

안적암 가는 길

안적암安寂庵* 가는 길

눈이 오네
밤새워 산에 눈이 내리네

먹이 찾아 내려오는
산노루 등에도

산노루 등에
하얀 눈

눈이 오네
밤새워 산에 눈이 내리네

안적암 가는 길
십리길 산길에

*안적암: 경남 양산의 천성산에 소재한 고찰 암자.

제2부

금정산에는

금정산*에는

범어사* 오르는 길

참새 떼가
조동이 조동이들을 맞추고

능선을 따라서
몰려오고 가느라

아직 채 영글지 않아
손끝에 금방 풋내가 묻어날

아
그 어린 참새 떼들이

지금 금정산에서
폴폴 날고 있구나

*금정산: 부산에 소재한 명산으로, 국립공원으로 추진 중에 있습니다.
*범어사: 금정산에 소재한 사찰.

경전철 안

가슴이 봉곳한 소녀들이
스마트폰에서 눈을 떼지 못한다

허벅지와 다리통을 그대로 다 드러낸
그 아랫돌이가 하나둘이 아니다

차창 밖으로는 파란 하늘과
아름다운 산과 들이 지나간다

풍경에 눈을 팔려 해도
아예 눈을 감으면 또 몰라도

아냐 저건 모두가 진열대 위의 마네킹이야
맞아 맞아 잘 진열된 바로 그 마네킹이야

여행

시간이 멈춰 서 버린
완행열차

차창으로는
아까부터 권태가 흐르고

지금쯤 뉘 집 뜨락에는
복사꽃잎이 하늘하늘 떨어지고 있을까

혼자서 나선 여행길
시골 간이역에

내릴까 말까
별 볼일이 없어도

완행열차

개나리꽃 조팝나무 꽃이
흐드러지게 핀

터널을 지나
완행열차가 가고 있다

풍상風霜을 신고
그 세월만큼이나 오래도록

간이역마다 짐 부려도
언제나 만원이다 완행열차는

느리게
느리게

밀양 와서

밀양 와서
접는 부채를 하나 샀다

오뉴월 뙤약볕에
무슨 청승인가 저 논밭에 나가서 일하게

바쁠 것도 없는
그날이 그날인 여기 사람들

외양간 소도
느리게 새김질하는데

미리벌*에 낮달이 떠서
하 세월을 이러면서 보낼 것인가 하네

*미리벌: 신라시대 밀양의 고을 이름.

부전역* 주변

부전역 주변 노점에는
과일이 지천이다

청매가 나간 자리에는
어느 사이 노랗게 잘 익은
살구열매가 군침을 돌게 한다

팔리고 있는 건
과일만이 아니다

세월도 따라 팔린다
덤으로 얹어주는 인심도

더 팔릴게 없을까
앉은 자리만 놔두고

*부전역: 부산에 소재한 동해남부선 기점.

속리산(俗離山)*으로

보은에서
속리산으로 가는 산승(山僧)에게서는

나무등걸의 냄새가
나고 있었다

굽은 등 바랑 위로
늦은 가을의 나뭇잎이 떨어지고 있었다

이제 더 버리고 갈 것도 없는
남은 것이라고는 마음 하나

그 마음 따라 가는 길
속리산으로

*속리산: 충청북도 보은에 소재한 명산. 이 시에 한자음 속리(俗離)의 뜻을 담아보
 았습니다.

산사山寺

눈이 오는
깊은 산

아슴푸레
작은 암자 하나

노승은
면벽面壁 한나절

무청 시래기
툇마루에 내다놓았네

배고픈 산노루
찾아오라고

기다림·1

명命 길다 절에 팔면
동자승

하루 종일 부처님은
말이 없으시다

저녁 해가
툇마루를 비켜서 나가면

탁발 나간 스님
언제 돌아오시나

스님아
스님아

기다림·2

입 하나 덜려고
탁발승 따라나선 입산

가난은
절에까지 따라와

언 손으로
땔감 해 부려놓고

노스님께 올릴
저녁 공양근심을

하마 돌아오는가
탁발 나간 스님이

내 마음 안에·1

내 마음 안 우물에

어제는 종일을
수심愁心이 잠겨 있더니

오늘은 작은 새가
번뇌의 씨앗 떨어트리고 가네

이 마음 둘 데를 몰라
우물을 묻어버릴까도 하다가

내일은 저자에 나가 알아보려네
행여 맡길 데를

내 마음 안에·2

내 마음 안에 강물이 흐른다면

대하大河가 아니라도 좋다
수정처럼 맑지 않아도 좋다

양안兩岸으로는 수초가 자라고
이제 막 부화한 민물치어가 노는 작은 강

여울목에서는 도란도란 물소리가 나고
밤이면 별들이 잠겼다 가는

아 그런 강물이 흘러가 주었으면

고향마음

내 고향은 눈이 많이 내리는 산골동네
먹이 찾아 내려온 눈밭의 고라니 떼들

남새밭 푸성귀를 다 망가뜨려 놓아도
어쩌랴 배가 고프기는 사람이나 짐승이나

오수午睡

해마다 이맘때 즈음이면
찾아오는 요통腰痛에

아파트 거실에
전기요를 내다펴니

베란다 안으로
찾아 들어온 겨울햇살

어느 여류 소설가가 보내온
소설집을 읽고 있으려니

나도 모르게 찾아오는
또 한 분의 손님

나를 산이라

내 안에
멧새 한 마리 살고 있네

산이 신록으로 덮이면
멧새는 산으로 날아가

나뭇가지에 작은 둥지를 틀고
녹색바탕무늬의 알을 낳을 것이다

부화한 새끼가
다시 내 안으로 날아 들어와

이제는 아주 터를 잡으면서
나를 산이라 하리라

흔들림에

흔들림은
진동이 있어서야 만이 아니다

오늘처럼
식탁을 사이에 두고
건너다보는 내 마음 안에서도

당신의 눈
젓가락질에서
작은 입술 놀림에서까지도

기다려야 하나
이 흔들림이 멎어지기를
마치 물결이 자듯이

내 안에서
지금은 아니고 먼 후일에

제3부

짧은 시편詩片들

꽃샘·1

희미한
봄기운에

산수유나무
노란 꽃망울

추위가
이리도 매서운가

이월 할멈이
오려면 아직 이른데

바람까지
부는구나

꽃샘·2

가슴앓이를 하다하다 시샘으로

무슨 허물 있어서인가
나무들 꽃봉오리 열리開려함이

해마다 이맘때 즈음이면
공연히 도져오는

다 안으로 삭여야 할 내 탓을

쑥잎

희미한 온기에

돋아나려다가
무참하게 베임

끓는 탕에서
또 한 번의 죽음

잔인하다
봄 봄

향단아

동백기름
윤이 자르르한 머릿결

청산 폭포수 아래
얇은 천 젖어 젖가슴이

아
아

향단아!

더 힘껏 밀어다오
저 하늘 오월 훈풍을 가르게

가을 여인

댕강한 치마

하이힐

모래톱에 작은 물새 발자국

이 가을을 떠나며
여인이 남기고 간

석류

벌집이다

가을 햇살에
박살이 난 사금파리들

초롱초롱한 눈망울
그 많은 날들의 기다림

석류 속은

동천冬天

강 얼음이 갈라지는 소리 사이로
칼바람이 지나간다

잿빛으로 바래어진
하늘을

푸르다 못해 파랗게 질린 공간을
날으는 작은 새떼들

민들레꽃씨

민들레꽃씨가
바람을 타고 있다

어찌 알랴
그 불리어 가는 데를

영혼도

어느 날
흰 구름 한 점으로

바람에 불리어
그 사라져 가는 데를

먼 산으로

마음의 산은
멀어야

산은
산은

여인아
좀 더 멀리서

그대로
오래 그대로로

여인에게는

여인에게는
샘이 있다

누구도 엿 볼 수 없는
영혼이 고이는 은밀한 곳이다

내가 언제인가 돌아가야 하는
어머니에게로의 길이다

그 길

지하철이
그냥 반대방향으로 가고 있다

정신을 가다듬어
가까스로 지상에 올라오니

내가 늘 다니는
바로 그 길

허

참

미망迷妄

얼마를 더 가다가
놓아 주렴

이제 혼자서도
넉넉히 갈 수 있는데

아무 일없이
여기까지 왔잖아 거뜬히

놓아 주렴
이제 제발

빈 집

뱀이 벗어두고 간 허물

영혼도 나가고 나면

세월도 지나간 뒤가

눈이 맑아서

하얀 마스크를 한
눈과 이마만 내놓은 젊은 여자

오늘 아침
지하철에서 보았다

눈이 맑아서

메르스*균이
속눈썹에 붙어 안을 살피다

착근이 될까
눈이 너무 맑아서

*메르스: 한동안 나라 안을 발칵 뒤집을 기세로 창궐한 중동 호흡기 증후군 질병을
  이름. 눈으로 옮겨지는 질병은 아니지만.

지팡이가

봉안하고
열일곱 해

인각사
찾아가는 길

이끼 낀
돌계단

지팡이가

〈시작노트〉
소설가 K형이 사별한 부인이 봉안된 인각사를 지팡이에 의지하여 찾아가
는 모습을 그려보았습니다.

먼 후일에

조용히 늙어가는
오후시간

편하게 시 한 편을
써 두련다

내 가고 난
먼 후일에

남아
남아서
더러는 밟히더라도

그래도
써 두어야

인연因緣

생전에
옷깃조차 스치지 않은

이어질 끈이라고는
없이 살다가

오늘 분화구噴火口에서 만나
몸을 섞는구나

이승을 떠나며
비로소 인연이 닿아서인가

〈시작노트〉
화장장에서 흰 연기로 사라져가는 육신의 소산(燒散)을 바라보면서 쓴 시
입니다.

제4부

바위가 되리

진달래길

지난 밤 내린 비에
진달래꽃잎이 활짝 피었네

여인은 사슴이다
꽃잎 따 먹는

저만치 가고 있는
꽃 무덤으로의 길

너무 멀다
다가가기에는 여인아

꽃잎은
하르르하르르 바람에 지고

지리산의 꽃

지리산에는
그날 미처 떠나지 못한 영혼들이
꽃으로 피어 있더라

무덤가
잡초 속에서 엉겅퀴 패랭이꽃으로
하얗게 들찔레 꽃으로 피어 있더라

지리산에는
그날 포연에 길을 잃은 영혼들이
꽃으로 피어 있더라

그 꽃들을 위하여
뻐꾹새가 이 골짜기 저 골짜기에서
청아한 곡哭으로 울고 있더라

달빛

지난 밤
꿈을 밟고 찾아온 여인아

교교한 달빛 한 자락을 말아서
하얀 스카프로 목에 두르고

내 눈에 오래 머물지 아니하고
되돌아서서 가는 여인아

오고 감이
한 걸음이라지만

마음 주고 아니함은
오로지 당신의 뜻

밟고 가는 그 걸음걸음마다에
내 마음을, 나는 어찌하라고

길 떠날까 보다

내일모레 하고 날 벼를 것 없이
지리산으로 훌쩍 길 떠날까 보다

잠을 이루지 못하는 밤마다
뿌려놓은 파란 별 밭을 찾아서

그 곳에다 한시름을 부려놓고
돌아오는 길에 늦은 가을을 가져와야겠다

물소리하고
바람소리도

내 몸 안에
빈 뼈마디마다 풍월이 울리도록

귀 울림 耳鳴

내 몸 안에 가을이 오고
무릎 아래에 바람이 일면

저 섬돌 밑 쓰르라미가
어느새 귓속으로 들어와 자리를 잡는다

음계 音階는
내 지나온 날들의 흔들림으로

이제는
득음 得音의 경

내 안에 누가 또 들어오려 하는가
그 가락이 이미 나와 인연을 다하였는데

바위가 되리

내 바위가 되리

황소 눈으로 흡뜨고 부라려도
미동도 않고 하품이나 하는

실타래처럼 꼬이는 세상사
아랑곳 않고 외면해버리는

그래도 가슴에는
더운 피, 눈물이 고여 있는
그런 바위가 되리

내 바위가 되리

지리산 가는 길

지리산 길은
돌 칼날이 사방에 널려있는 너덜겅 길이다

민가에서 탈취한 무거운 쌀자루를 어깨에 메고
대오를 이탈하지 못하고 올라간

피멍이 들어 뭉개어진 맨발들이
떨어지지 않는 발걸음으로 힘겹게 올라간

그날의 지리산 길은
철학이 없고 삶과 죽음이 오로지 하나로의 길이었다

〈시작노트〉
하동 악양 벌을 지나 지리산 둘레길을 걸으면서 지난 날 빨치산들이 민가
에서 식량을 탈취하여 이 길을 따라 힘겹게 올라갔을 것이라 떠올려 보았
습니다.

먼 산을 보고

산은 멀리서 볼수록
마음으로는 더 다가오는가

첩첩이 포개어진
머언 산을 바라보고 있으면

면벽面壁한 수도승의
열림이 이럴까

내 안의
나의 눈뜸이여!

머언 산
산이 이미 내 안에 와 있구나

〈시작노트〉
먼 산을 바라보고 있으면 문득 선승(禪僧)의 큰 깨달음이 이럴까 하는 희
열을 느낍니다. 나와 산이 하나가 되어서……

부고訃告

동지 지나 달 여餘
그 사이 해가 길어져

지금 나서도
칠십 리 길은

강 건너고
산길 돌아서 가도

당도 하겠구나
해 안으로

인편으로 가는
부고訃告장이

주) 출가한 딸이 부고장을 받으면 입은 옷에 선걸음으로 비녀를 뽑아 머리를 풀
고 부고꾼을 따라나섰습니다.

통영 바닷가

통영에서 온 생굴에는
시퍼런 바다의 삶이 묻었네

굴 껍질 손
그 품삯으로

방금 우체국에서 송금하고 온
서울로 가는 대학등록금

휘어진 허리를 펴려면
날아오르는 갈매기

휴우 바다는
어째 저리 푸르기만 하나

〈시작노트〉
통영의 여인은 이렇게 억척스럽습니다.

산은 알고 있다

산행을 나설 때마다
배낭 안에

아무리 소중하다 해도
내 분수에 과하다 싶은 것과

있어서 별 소용없고
버려 아깝지 않은 것들을 챙겨서

산에 올라서
다 비우고

빈 배낭으로
하루의 산행에서 돌아가는 나를

산은 언제부터 알고 있다

깊은 산이면

마음이 깊은 산이면

저 추녀 끝에 매달린
잉어의 작은 흔들림도

먼 바다의
큰 물살가름 소리로

중천에 떠있는 저 달이
즈믄 해*를 떠 저 감도

한 찰나의 스침이리라
지나고도 깨닫지 못하는

*즈믄 해: (고어) 천 년.

산으로 가는 달

산으로 가는 달은
산 그림자와 대화를 한다

나뭇가지에 잠들어있는
산새의 작은 숨소리를 들으며

천적이 없는 밤을
살아가는 산짐승들을 만난다

산으로 가는 달은
하늘 길을 따라서 산으로 가고 있다

시산제 始山祭

내 죽으면
산에서 살겠다고 한 그 친구

지금쯤
이 산 어디에
한그루 나무로 살고 있을까

아니면 작은 새 되어
이 나무 저 가지로 나래짓 하는가

여보게
이 잔盞 받으시게나

허허허 마지막 이승 웃음 남기고
이제 구름 되어 흩어지게나

〈시작노트〉
계사년 말 운봉산악회 시산제에서 만곡(晩谷) 형의 영전에 잔을 올리면서
쓴 시입니다.

파를 고르며

볏짚 부스러기가 묻은 채로
노지에서 바로 뽑혀온

어머님 기일에
제수용으로 쓸 쪽파 한 단

볏짚을 쓰고 엄동설한은
당신께서 살아오신 그 곤고함

파를 고르는
손끝에 묻어나는

아린 매움이
내 눈을 시리게 합니다

섣달

하얗게 억새꽃이 지고
빈 꽃대가 바람을 타면

까마귀가 울었다
길이 멀다고

타는 노을을 밟고
산을 넘어서

저 아득한 하늘을 가는
흰 버선 발

가도 가도 가없는 길
서역 하늘 길을

성城터에는

성터에는 항시 바람이 일더라

그 바람에
붉은 천의 남루한 기폭이 펄럭이더라

성터에는 항시 까마귀가 울더라

사람만 보이면
다가오는 궂은일을 알려 주마며 울더라

그 바람과 영험한 까마귀가

별이 뜨는 밤이면
성터에 같이 잠들어 동거를 하나보더라

제5부

언제 올려나 봄이

땅이 풀리면

땅이 풀리면
흙 밭에 나가 씨를 뿌려야겠다

산이 가까운 기슭 자락
햇볕이 잘 드는데
너 다섯 평의 텃밭을 일궈서

맨손으로 흙을 부드럽게 장만하여
더덕이랑 산마의 씨앗을 넣고
넌출이 올라갈 얼개도 만들어야지

발바닥으로 오는 지심은
어머니의 숨결

내가 심어놓은 씨앗들이
파랗게 싹이 트는 날
나는 비로소 어머니이리라

언제 올려나 봄이

사랑이 없는 긴 겨울나기는 힘들다
세상이 온통 잿빛이 되어서

언제 올려나
봄이

그냥 담아 부어도 모자랄
눈망울에다

어린이집 보모의 한 차례 뺨 때림이
세상을 온통 분노의 도가니로 끓게 하였다

그 여진으로 나마
볕바른 창틀 밑 춘란분이 꽃대를 올렸으면

언제 올려나 봄이

〈시작노트〉
을미년 벽두에 어느 어린이집 보육교사의 가혹한 폭행이 세상을 온통 분
노로 들끓게 하였다. 따뜻한 봄이 더 기다려집니다.

봄을 보냈습니다

봄은 갔습니다

오미*에서 방광*에 이르는 산길에
하얀 들찔레꽃을 흐드러지게 피워놓고

깊은 산에
뻐꾸기 소리를 남겨두고 갔습니다

내 걸음보다 빠른
경호강 여울목 물길에는

래프팅 보트를 띄워놓고
봄은 갔습니다

섬진강을 거스르고
경호강 물길을 따라

오늘 나는 봄을 보냈습니다

*오미, *방광은 섬진강 상류의 지명입니다.

삼 년이나

내자가 백화점 이월상품 코너에서
여름 상하의 한 벌에
덤으로 남방까지 사다가 입혀놓고

앞으로 보고 뒤로 보고
출근하는 뒤꼭지에다 대고
삼 년은 젊어 보인다 하네

하!
그래
삼 년이나 젊어 보여

오늘은
그동안 눈독 들여온 주방아줌마 보고
큰소리로 새 메뉴로 주문을 해야겠네

아줌마
젊은 사람들이
좋아하는 있잖아 그 메뉴로 내오라고

아버지와의

너무 오래 꿈을 꾸었다
꿈도 색깔이 있었다면 어떤 색깔이었을까

한잠을 자고 난
아직 새벽이 이른 시간에 머릿속이 맑아지면

호롱불 앞에 앉아 계셨다
내 이 나이가 되기 전 오래 전에 가신 아버지께서

뒤돌아보면서 마음 가벼웠을까
여위어져 가는 당신의 육신보다

내가 건너온 아버지와의 거리가
그렇게 멀고 멀리 돌아서 온 것만 같았는데

〈시작노트〉
평생을 올곧게만 살고 가신 아버지를 나는 닮고 싶지가 않았다. 그런 내가 어느 날 새벽 내가 아버지의 그 삶을 그대로 살아가고 있다는 생각을 하게 되었습니다.

84

미열 微熱

미열은
아직 내가 살아있다는 의미다

내 어릴 때
홍역을 앓으며 온 몸이 펄펄 끓을 때
어머니가 머리맡을 지키며
지극정성으로 그 열을 식혀 주셨다

이제까지
어머니 없는 세월을 살아오면서
내 몸에 아직 미열이 남아있다는 징후는
어머니에게의 감사다

어머니
고맙습니다

대숲길
- 진주 유등축제에 가서

남강 변
대숲 오솔길은 고향집 찾아가는 길
뒤안길 고샅길이다

대숲에 서걱거리는 바람소리는
반기는 어머니의 종종걸음
풀 먹인 베옷치마폭에서 나는 그 소리

유등流燈*은
그날의 한이 맺혀서인가
시퍼런 강물위에 떠서 흐르지를 않네

*어느 날
다사로운 금잔디 밭으로 물옷 벗어들고
오실 논개를 기려서 인가 기다려서 인가

열여덟에 시집 와서
오로지 한 지아비 보고 가난하게 살다 가신

내 어머니 왜 논개에 못 이를까 어머니 어머니

*제3연: 축제행사로 강물의 유속을 조절하여 유등이 흐르지 않았습니다.
*제4연: 파성 설창수시인의 시 의랑 논개의 비문에서 따왔습니다.

부뚜막 추억

아이들이 제 갈 데로 다 뿔뿔이 떠나고 난
아침밥상머리는 허전하다

배가 고팠던 그 시절
어머니가 숟가락으로 긁어주시던

흙내 나는 부뚜막에 나란히 쪼그리고 앉아
제비새끼처럼 받아먹었던
무쇠 솥 누룽지 맛을 문득 생각한다

잿불 속의 불씨보다
더 따뜻하였을 어머니의 그때 그 마음을

이 아침 문득 떠올려본다
내 생전에 다시 어디에서 어머니 어머니

해로偕老

늙어 여위어지니 맞는 옷이 없다
오늘 저 여자를 재봉틀에 앉혀야 하는데

시키지도 않은 집안 청소를
걸레질까지 해 주고

모아 둔 쓰레기에
음식물 찌꺼기까지 내다 버려주는데도

저 오래된 여우가
짚이는 데가 분명 있을 터인데도 모른 체하네

우리는 속내를 안 드러내고 딴 짓 하면서도
그러면서 백년을 해로 할 거라네

가계家系 풍경

새벽 먼 길 나서는 날에

할머니는
할아버지의 괴나리봇짐에
주먹밥과 미투리 여분餘分을 챙겨드리고

어머니는
중절모와 지팡이를 들고
사립문 앞에서 아버지를 배웅하셨네

오늘 내자는
스마트폰을 챙겨주면서
매사 빠듯이 시간 맞추려 말고
일정日程 넉넉하게 다녀오라 하였네

아침풍경

아침 출근길에 따라간다
아랫도리가 맨 다리로 걸어가는 여인을

뒤에서 세월을 덧칠해가며

깨끼저고리에 긴 치마를 한 손으로 마라
대청마루를 건너서 나가는 조선의 여인을

꽃비녀를 꽂은
가슴에는 은장도를 품고 있는

따라 내려간 지하도에서 바로 놓쳐 버렸다
그 많은 맨다리들에 섞여 버려서

찾을 수가 없구나

풍경화 한 폭을

사람마다 마음 안에는
풍경화 한 폭은 담아 있으리라

화필畵筆로 그릴 수도 없는
렌즈의 피사체被寫體는 더더구나 아닌

비록 모래바람이 부는
삭막함 속에 살아도

초원과 숲과
그 너머로 호수가 보이는

사람마다 그 마음 안에는
오래 꺼지지 않는 등불처럼

풍경화 한 폭을

걸음이 가벼워질까

자갈치* 난전 아지매가 연탄불에 구워내는
먹장어 한 접시 앞에 놓고
못 마시는 소주 잔에 취하여서
앞 바닷물처럼 조금은 흔들려보고 싶다

길을 가다가 문득 멈춰 서서
벙어리가 지금 화덕에서 굽고 있는
포장마차 옛날식 호떡에 군침이 돌면
내 좋아서 사먹으면 될 것을

이제 마음 쓰지 않으련다
알량한 얼굴 아무개 하는 이름마저도
하고 싶은 대로 내키는 대로 하며 살아가면
지금보다 얼마나 더 걸음이 가벼워질까

*자갈치: 부산 남항에 소재한 어물시장임.

나는 빈집으로

내 안 저 깊은데 문을 열면
새 한 마리 포르르 날아가 버릴 것 같다

파랑새라는 이름의
내 안에서 고독과 슬픔과 그리움을
받아먹고 살아온 새다

한번 세상 밖으로 나오면
다시는 내 안으로 돌아오지 않을 것이다

그날 이후 나는
빈집으로 살아야 하리라

내 눈물과 그 수많은 날들의 이야기를
모이로 살아온 파랑새가 없는 빈집으로

저 대화를

창밖에는 비가 내리고
지나간 날의 기억이 되살아나는 날

이번에 출간한 내 시집을 읽었다는
아득한 중삼ㅐㄹ시절 같은 학년의 이웃집 소녀와의

엿듣는다
아내가

우리는 조금 전 티브이를 보면서 들었다
어느 원로화가의 이야기를

아내의 집요한 설득에 넘어가 실토해버린
그 편지 뭉치가 끝내는 부엌 불쏘시개로 들어갔다는

그렇게라도 될 수 없는 오늘 아침의
우리들의 저 대화를

백제의 석공

봄이 이른 어느 날
나제통문羅濟通門*을 지나

백제 땅 설천雪川계곡으로
잔설의 석기봉石奇峯*을 오르면

천년 바위
양각陽刻으로 풍화 중에 있는

근화대槿花臺 위
납의衲衣 걸친 결가부좌의 마애불상

가늘게 뜬 눈
다문 입술
얇게 조형된 콧등

아
백제의 석공
그 손길이여!

*나제통문: 무주군 설천면에 소재한 암벽 동굴로 도로가 이곳을 관통하고 있다.
 옛 신라와 백제의 경계로 교역의 관문으로 전해져옵니다.
*석기봉: 충북 영동과 전북 무주, 경북 김천의 삼도경계에 있는 민주지산의 연봉
 으로 기이한 형상으로 된 바위 정상임.

진주 이야기

비가 내리는 남강을 보고
호텔 커피숍에서 진주 시인과 마주하였다

비는 조용히 내리고
흰 머리칼의 노 시인은 진주 이야기를 이어 간다

진주 이야기가 세상이야기가 되고
그 살아가는 이야기의 끝을 붙들 수가 없다

사람이 그리워서일까
비는 그냥 내리는데

그가 가고 난 어느 날에도
진주에는 비가 내리고 저 이야기도 이어져 가리라

포구·갈매기

해운대 지나 미포 청사포로
해안을 따라 올라가면

남해의 물이 동해 바닷물과
몸을 섞는 이름 없는 작은 포구

바닷물이 나간
갯바위 위에 하얗게 앉은 갈매기 떼

멸치잡이 뱃일 나간
지아비를 기다리는 아낙들

먼 수평선에
만선의 고깃배가 뜨면

멀리 바다로 날아오르는 갈매기
갈매기 떼가 먼저 마중을 나가는 포구

〈시작노트〉
파도가 잔잔한 오후 바닷물이 나간 갯바위에 하얀 굴 껍데기처럼 앉은 갈
매기 떼를 뱃일 나간 남정네를 기다리는 여인네로 보였습니다.

하염없이

하루에도 열두 번을 다녀온다

마음의 텃밭에는 오이 상추 쑥갓을 가꾸고
지붕은 낮아도 햇볕이 바로 드는 오두막에를

밤하늘은 성근 별 밭
실오라기 하나 걸치지 않은 내가
뒤뜰에 돌아가 네 활개를 펴도

풀잎으로 말은
담배 한 모금을 깊이 들여 마시고
마음껏 내뱉어도 되는

해가 지는 어스름이면
탱자 울타리에 곤줄박이, 뱁새 떼가
촘촘한 가시 사이를 용케도 들락거리는

아 그런 집에서
내가 늙어가고 있다

하염없이

제6부

연작시 편

아, 법정스님

1. 서있는 사람들

앉을 자리를 잃고 서있는
저자의 뭇사람들을 위하여

항거의 뜻을
붓으로 쓸 수 없는 세상이라

차라리 다 접고
내 다시 산으로 돌아가려네

산에서 봄을 맞으니
보고 들음을 가릴 수 있게 되어
내 마음의 뜰에 맑음이 고이네

내 돌아왔네
산으로 돌아왔네
내가 살아갈 산으로 내 돌아왔네

2. 버리고 떠나기

늘 가지기를 경계했으니
따로 더 버릴 일이 있으랴

시냇물 소리 베고 잠들고
휘파람새 소리에 깨어 하루하루를 보내다가

어느 날
이 한 몸 가볍게 떠나는 날

영혼에 메아리 없으면
법문마저도 공허하리라

내 그렇게 살다가 가리라
언젠가 다 버리고 갈 우리가 아닌가

3. 텅 빈 충만

마음을 열고 비우다 보면
그 비움에서 오는 충만함

잔잔한 여운으로
내 안을 바라볼 수 있게 되리라

먼 산 바라보고 앉으면
마음 비움에서 오는 무심

뒤숲 속의 작은 새소리
추녀 끝의 풍경소리마저도
내 안을 충만으로 가득하게 하리니

4. 물소리 바람소리

물소리 바람소리가
세월을 보내는 소리로

세상 살아가는 소리로
들릴 수 있다면

비록 산중이 아니라도
그렇게 들릴 수만 있다면

부처가 따로 있으리
내가 바로 부처이리라

5. 산방 한담山房 閑談

한지 바른 봉창에
가을볕을 들게 하니

홀로 앉은 방에
무슨 대화가 소용 있으랴

뒤뜰에 떨어지는
오동잎 소리에

앞 계곡 흐르는 물소리
배음背音이 되겠구나

지난봄에 날아온
소쩍새와 뻐꾸기가 떠나면

말벗이 되어 줄
또 가을 철새가 찾아오겠지

6. 새들이 떠나간 숲은 적막하다

할미새가 매화꽃 소식을 물어오면
꾀꼬리 뻐꾸기가 뒤따라 찾아오네

봄밤 소쩍새 소리
아침 산비둘기 울고

밀화부리 휘파람새
동고비 호반새 소리로

여름 숲은
새들의 잔칫집 한마당이다가

높은 하늘로
기러기 날아가는 가을이 오면

아
새들이 떠나간 숲은 적막하구나

7. 오두막 편지

일상의 구겨지고 얼룩진 마음을
달빛에 천을 바래듯 바르게 펴고

여름철 해 질 녘에는
맨발로 채소밭에 나가 김매는 일이

가을은 심금心琴이 잘 조율된 현악기
스치기만 해도 맑은 소리가 나려니

계곡을 흐르는 시냇물 길어다가
홀로 차 달여 마시는 그 맛 또 뉘 알리

8. 홀로 사는 즐거움

왜 홀로 사느냐고
함께 있음이요 전체가 되기 때문에

왜 홀로 사느냐고
보이지 않는 존재와 대화가 이루어지기 때문에

왜 홀로 사느냐고
사소함에도 삶을 누릴 수 있음을 알기 때문에

왜 홀로 사느냐고
촛불을 끄고 내 안에 귀를 맡길 수 있기 때문에

왜 홀로 사느냐고
너와 내가 하나가 될 수 있음을 알기 때문에

9. 아름다운 마무리

아름다운 마무리란
모두를 내려놓음이다
그리고 다 비움이다

아름다운 마무리란
나마저도 버림이다
다 버린 다음의 자유로움이다

아름다운 마무리란
내가 마음을 열어
지금이 바로 그때임을 앎이다

그 다음은
맑은 차 한 잔을 앞에 두고
조용히 명상에 잠겨 음미함이다

10. 흔적을 남기고

이른 아침
봄 숲 찾아온 등 검은 뻐꾸기

너와 지붕의
산승山僧이 가고 없음을 어찌 알까

새는
날아가면 빈 나뭇가지 그대로인데

산승은
부질없는 말빚을 남겼구나

아, 법정스님

모두를 거두어 간다 하였건만
세상에 남겨둔 말빛이 어디 그럴까

〈시작노트〉
법정스님의 수상록을 읽으며 한권 한권 제목에서 그 담긴 뜻을 소재로 하
였다. 마지막 연 '흔적을 남기고'는 스님이 입적하신 후 산문선집 『맑고
향기롭게』를 읽으며 필자가 쓴 졸시 「흔적」의 전문입니다.

풀잎 배 노래

1. 풀잎 배 띄우며

나뭇잎이 피어나면
앞 냇가 뒤뜰에도 작은 풀꽃 피어나고

나는 밥풀 같은 예쁜 풀꽃으로
내 어여쁜 소녀와 소꿉놀이 하였네

단발머리 짧은 치마 풀각시 만들어
송사리 떼 노니는 맑은 시냇물에

예쁜 풀각시 풀잎 배 태워 보냈네
저 먼 나라로 희망의 나라로

하늘에는 흰 구름 봄바람이 노 저어서
저 먼 나라로 희망의 나라로

2. 강아지 장례식

어-노 어-노 어나리 영차 어-노
어-노 어-노 어나리 영차 어-노

사랑하는 우리강아지 상여 태워 보내네
어-노 어-노 어나리 영차 어-노

우리강아지 배가 아파 죽었다네
어-노 어-노 어나리 영차 어-노

배가 많이많이 아파 우리강아지 죽었다네
어-노 어-노 어나리 영차 어-노

불쌍하다 불쌍하다 우리강아지 불쌍하다
어-노 어-노 어나리 영차 어-노

동네 아이 모두 나와 우리강아지 장례 치르세
어-노 어-노 어나리 영차 어-노

양지바른 뒷산에다 예쁘게 무덤 만들어 보세
어-노 어-노 어나리 영차 어-노

3. 들찔레꽃

산에 들에 하얀 들찔레꽃이 피었네

들찔레꽃 향기는
내 소녀의 향긋한 머릿결 냄새라네

들찔레꽃 색깔은
초경을 치른 내 소녀의 순결함이라네

들찔레꽃 안에는
아무도 모르는 내 마음이 감춰줘 있다네

들찔레꽃을 보고 있으면
하얀 옷 입은 내 사랑하는 소녀가
살포시 웃으며 걸어온다네

내 소녀는 이제 열다섯 살
밤마다 황홀한 꿈을 내게 가져다주고
아침이면 나팔꽃처럼 방긋 웃어 준다네

4. 남강의 달빛

이 강물 어디서 시작하여 흘러오고 있을까
우리들의 사랑도 강물처럼 어디쯤에 이르고 있을까

흐르는 강물은
달빛에 빛나고

달빛 속에 저 강물이 흘러가듯이
강물처럼 세월도 흘러가겠지

옛 성터
허물어진 돌탑 뒤뜰에 서 있는 장승들

나는 천하대장군
사랑하는 내 소녀는 지하여장군

장승에 기대어 바라보던 빛나는 별 하나
우리의 마음과 마음이 서로 하나가 되었어라

5. 헤어짐은 슬퍼라

헤어짐은 슬퍼라
기약이 없는 헤어짐은 더욱 슬퍼라

사랑한다는 말 한마디를
서로의 눈빛으로 읽어야 했다네

어느 날 내 사랑하는 소녀는
먼 곳으로 이사를 떠났다네

가슴을 앓고 있는 소녀를
나는 눈물 젖은 눈으로 전송하였네

헤어짐은 슬퍼라
기약이 없는 헤어짐은 더욱 슬퍼라

6. 기다리는 마음

기약이 없는 기다림은 슬퍼라

소녀가 가고 날마다
우체부가 가져다 줄 편지를 기다렸네

북으로 날아가는 기러기 편으로
번지 없는 편지를 띄워 보낼까

그 가을이 가고
나뭇잎이 피어나는 새 봄이 돌아와도

내 사랑하는
소녀에게서는 소식이 없네

오늘도
봄날 긴 긴 하루해 소식을 기다렸다네

7. 칠월 칠석七月 七夕

은하수를 사이에 두고
견우와 직녀는 만남의 기약이 있건만

우리들의 헤어짐은 기약이 없네

그 옛날
상사화의 애달픈 사연이 이러했을까

잠 이루지 못하는
밤이면 밤마다

내 가슴에
피었다가 지는 꽃 상사화

오늘밤도 기다리리라
기약이 없는 우리들의 만남을

8. 만추晩秋의 오솔길

낙엽이 한 잎 두 잎 떨어지는 오솔길을
나는 오늘도 혼자서 걷는다네

나는 들었네.
바람결에 흩날리는 낙엽으로부터

사랑하는 내 소녀가 돌아오지 못하는
먼 길을 떠났다는 소식을

가을 밤 들국화 핀 길을 따라
내 사랑하는 소녀는 멀리 멀리 떠나가고

억새꽃만 하얗게 피어서
늦가을 소슬한 바람에 하염없이 흩날리네

9. 애통哀慟

내 소녀는 갔습니다
내 소녀는 돌아올 수 없는 먼 곳으로 갔습니다

산안개 자욱한 골짜기 오솔길을 따라서
내가 갈 수 없는 먼 길을 떠나갔습니다

사랑한다는 말 한마디 남기지 아니하고
내 소녀는 영영 떠나갔습니다

나는 핏빛 노을이 지는 언덕에 올라가서
목 메이도록 사랑하는 내 소녀의 이름을 부릅니다

기진하여 쓰러지면서도 내 소녀의 이름을 부릅니다
나는 피울음을 토하는 한 마리 사슴입니다

10. 장승이 되어

너는 보았으리라
그 큰 눈망울로
내 사랑하는 소녀의 외로운 무덤이 어디에 있는지를

너는 들었으리라
그 큰 두 귀로
내 사랑하는 소녀가 그리워 그리워 나를 부르는 소리를

나는 소녀의 무덤가에 서 있는
말없는 장승이 되리

내가 부르는
슬픈 노래는 내 소녀에게 자장가 되리라

소녀여 잠들어라
사랑하는 나의 소녀여 고이고이 잠들어라

「아득한 날에
　짧은 치마 단발머리 풀각시 만들어
　맑은 시냇물에 풀잎 배 띄워 보냈네
　저 먼 나라 희망의 나라로

　풀잎 배 타고
　바람이 노를 저어저어 흘러 흘러서
　내 사랑하는 소녀는 먼 나라로 갔다네
　돌아오지 못하는 먼 나라로

　풀잎 배 닿는
　그곳은 이별이 없는 나라 슬픔이 없는
　참 행복의 나라 영원한 행복의 나라라네
　우리 그곳에서 만나리 다시 만나리」

〈시작 노트〉
이 시는 호반의 고향으로 귀향하셔서 노후를 보내시는 노 작곡가 H 선생
님의 요청으로 연작 가곡용 가사로 쓰게 되었습니다.

섬 찻집의 이야기

1. 고향

어머니가 농사품팔이 하는 가난한 고향
그 어머니는 오늘도 나를 기다리고 있다네

그 곳은 봄이 오면 뒷산에 진달래꽃 피고
시냇물이 졸졸졸 봄노래 하는 고향이라네

2. 귀향

오늘도 찬바람 부는 밤거리를
나는 하염없이 방황하였네

발걸음이 닿은 서울역
나는 남향 행 밤 기차에 몸을 실었네

차창에 뜬 둥근 달은
어머니의 그리운 얼굴

3. 고향에 돌아와

고향에 고향에 돌아와도
반겨줄 사람 하나 없네

고향의 언덕과 구릉을
하염없이 배회하는 나는 이방인

4. 야학교

나는 그녀를 만났네
램프 등 아래 야학교 교실에서

긴 머리 까만 눈동자 빤짝이는
열일곱 살 어여쁜 소녀

5. 청혼

나는 결심하였네
그녀에게 청혼을 하기로

나는 거절당하였다네 그녀의 부모에게서
농토도 없는 직업도 없는 빈털터리라고

6. 해병으로 입대

그녀를 잊기로 결심하였네
해병으로 입대하였네

매일매일 계속되는 고된 병영생활은
그녀의 기억을 지워지도록 하였네

7. 제대

병영생활을 마치고 돌아오는 고향 길
호숫가 나루터에서 나는 그녀를 만났다네

예쁜 한복으로 차려입은 새색시가 되어
늠름한 젊은이와 동행을 하고 있었다네

그녀는 내 눈을 피하였다네
우리의 재회는 그렇게 슬픈 끝남이 되었네

8. 다시 돌아온 고향

긴 봄날 허기에 지친 영양실조의 어머니
그 어머니의 운명殞命이 나를 기다리고 있었다네

들찔레 꽃 하얗게 핀 뒷산 양지바른 언덕에
어머니 무덤을 만들어드리고 나는 고향을 떠나야 하였네

어머니
어머니

9. 세월이 가고

고향을 떠나와 어언 여러 해
그 동안에 보금자리 내 집을 마련하였다네

착한 아내와 귀여운 아가가 나를 맞아주었네
이 세상 누구보다도 나는 행복하였다네

10. 재회

어느 날 우연히 찻집에서 나는 그녀를 만났네
그녀는 손님에게 찻잔을 나르고 있었네

우리는 그 순간 마주 바라보기만 하면서

가슴이 터질 것 같아 아무 말도 못하였다네

그녀는 남편의 심한 폭행을 견디지 못하여
끝내는 집을 뛰쳐나왔다 하였네

11. 밀회

나는 매일 매일을 그녀가 일하는 찻집을 찾았네
그녀가 보고 싶어서 일이 손에 잡히지 않았다네

나는 그녀를 만나면 한없이 즐겁기만 하였네
우리만의 시간이 그렇게 행복하였다네

12. 탈출·1

그녀는 찻집을 드나드는
낯선 사람을 볼 때마다 늘 불안하다 하였네

어느 날 남편이 불쑥 찾아올 것만 같은
두려움으로 불안하다하였네

우리는 결심하였네
그녀의 남편이 찾아오지 못하는
멀리 멀리 이 도시를 떠나기로

나에게 아내와 귀여운 아가를 두고 가야 하는 연민도
우리들의 탈출을 가로막지를 못하였다네

13. 탈출·2

우리는 아무도 모르는 누구도 찾지 못할
작은 섬으로 떠나는 여객선에 몸을 실었네

파도가 철썩이는 망망한 바다를 바라보면서
이제 세상의 눈으로부터 벗어나게 되어 안도하였네

드디어 우리는
어느 이름 모르는 섬 포구에 닿았다네

14. 보금자리

우리는 작은 오두막집 방을 세 들어
우리만의 보금자리를 처음으로 마련하였네

나는 아침이면 고기잡이배를 타고 바다로 나가고
그녀는 저녁상을 차려놓고 나를 기다리고 있었네

우리의 하루하루는 꿈꾸듯 즐거웠다네

15. 어부생활의 애환

바다는 시시각각 거친 파도를 몰고 와
내가 탄 작은 고깃배를 금방이라도 집어삼켜버릴 듯 흔들고

그때마다 풍랑을 피하여 가까운 섬으로 접안시켰다가
파도가 잠들기를 기다려서 돌아오는 날도 있었다네

그녀를 기다림으로 안타깝게 하던 어느 날
내가 돌아온 오두막집 방 안에는
하얀 편지 한 통이 나를 기다리고 있었네

『당신을 사랑합니다』
『당신을 영원히 사랑하겠습니다』

16. 그녀를 찾아서

나는 미친 듯이 그녀를 찾아 헤매었네

바닷가 먼 모래톱으로
바다가 까마득히 내려다보이는 해안의 절벽으로

그녀는 선창가

우리들이 처음 도착하여 들렀던 찻집에서 일하고 있었네

그녀는 나를 진실로 진실로 사랑하므로
가족이 기다리는 육지로 돌려보내기로 결심을 하였다네

한사코 돌아가야 한다 하였네
돌아가지 않으면 바다 절벽에서 떨어져 버리겠다고 하였네

17. 돌아가는 여객선

그녀는 뒤돌아보지 말라 하였네
말없이 그냥 떠나라 하였네

갈매기 날고 뱃고동 우는 포구에
잔잔한 파도 바다는 한없이 평온하였네

떠나가는 여객선에 몸을 실은 나를
그녀는 선창가 찻집에서 하염없이 바라보았다네

평설문

느림의 시학과 모성지향성, 그리고 아픔과 슬픔
– 양왕용(시인, 부산대학교 명예교수, 한국문인협회 부이사장)

감상문

존재의 진실에 다가서는 시와 철학
– 박순영(철학박사, 연세대학교 명예교수)

느림의 시학과 모성지향성, 그리고 아픔과 슬픔

– 양왕용(시인, 부산대학교 명예교수, 한국문인협회 부이사장)

1

제주 출신 김종원(1937~) 시인은 문학단체 모임에서 필자를 만날 때마다 성종화(1938~) 시인의 안부를 묻곤 했다. 필자에게 성 시인의 안부를 묻는 연유는 필자가 성 시인의 고등학교 후배이고, 같은 부산 지역에 살고 있어서였을 것이다. 성 시인은 필자보다 진주고등학교를 6년 전에 졸업하였다. 입학을 기준으로 하면 5년 전에 입학하였으나 필자가 고등학교 3학년 즈음에 건강이 안 좋아 1년 휴학을 했기 때문에 6년 선배가 되었다. 김 시인이 물을 때마다 '법조 공무원으로 열심히 살고 있고 총동창회 모임에서 간혹 얼굴을 봅니다.' 라고 대답했다.

그러던 어느 해에는 '이제 글쓰기를 시작 했습니다' 라고 대답했다. 그 까닭은 부산 지역에서 발간되는 문예지에 수필 당선의 절차를 밟아 수필쓰기를 시작했기 때문이었다. 그렇게 관심을 가졌던 김종원 시인이 성종화 시인이 엮어낸 첫 시집 『고라니 맑은 눈은』(2010, 문학사계)의 발문에서 「습작 반세기 만의 귀향 – 50년대 선망 받던 문학소년)」이라는 글의 서두에 〈그가 돌아왔다. '황야의 장고'가 아니라 진주의 성종화가 돌아 왔다. 50년 이상 소식이 없던 '비봉루의 장원'이 칠순을 넘긴 반백의 머리로 문단에 나타났다.〉라고 쓰고 있다. 김 시인이 이렇게 감격적인 어투로 발문을 시작한 연유는 다음과 같은 사유에서다.

1952년 11월 피난지 대구에서 창간된 중 고등학생을 독자로 한 잡지《학원》에 작품을 투고하여 입선한 사람들을 중심으로 형성된 세칭 〈학원문단〉의 학생문사들 가운데 진주를 대표한 사람은 성종화 시인이었다. 그들 가운데 100여 명이 기성문단에 등장하였다. 당시의 그 면면들 중에는 이미 고인이 된 유경환(1936~2007) 구석봉(1936~1988) 외에 서울의 황동규(1938~) 마종기(1939~) 진주의 허유(1936~) 마산의 이제하(1937~) 김성택(1939~) 경주의 서영수(1937~) 그리고 제주의 김종원 등을 들 수 있다.

그런데 그 가운데 진주의 성종화 시인이 가장 으뜸이라는 것을 증명한 사건이 있었다. 앞에서 김종원 시인이 '비봉루의 장원'이라고 한 바로 그 사건이다. 성종화 시인은 고등학교 1학년 때인 1954년 진주에서 개최된 개천예술제(그 당시의 명칭은 영남예술제) 한글 시 백일장에 참가하여 차하(3등)로 입상하였다. 그 이듬해인 고등학교 2학년 때인 1955년 드디어 「자화상」이란 제목으로 한글 시 백일장에서 장원을 하였다. 그 당시의 한글 시 백일장은 지금처럼 학생부와 일반부가 구분되어있지 않고 통합된 백일장이었다.

제1회 개천예술제가 개최된 1949년의 한글 시 백일장에는 이형기(1933~2005) 시인이 진주농림고등학교 2학년 학생으로 장원을 하였고, 차상(2등)은 시조를 제출한 삼천포고등학교의 박재삼(1933~1997) 시인이 하였다. 이형기 시인은 그 이듬해인 1950년 고등학생 신분으로 《문예》지에 추천을 받아 문단에 데뷔하였다. 사실 성 시인도 백일장 장원을 하자 예술제를 주도하고 있던 설창수(1912~1998) 시인이 진주고등학교 교무실을 통하여 성 시인을 경남일보사 사장실로 불러 기성문단에 추천하겠다는 의사를 비쳤으나 아직 성숙되지 못한 작품으로 추천하는 분에게 누가 미칠까봐 염려가 되어 겸손하게 사양하였다.

성 시인이 장원할 당시의 백일장의 입상자로는 2등 김성택(소설가 김병총)(마산고) 3등 김종원(시인, 제주 오현고) 4등 이제하(소설가, 마산고) 5등 허유(시인, 진주고)라고 김종원 시인은 기억하고 있다. 이들은 모두 그 뒤 일찍 문단에 데뷔하여 지금은 원로시인으로, 혹은 소설가로 자리매김 되어 있다. 다만 장원을 한 성종화 시인만이 그러하지 못했다.

이렇게 촉망받던 성종화 시인이 한일국교가 정상화 되지 않은 그 시기에 일본에 가서 공부하겠다는 생각으로 여러 방면으로 노력하다가 대학진학의 기회를 놓치고 군에 입대하게 되었다 한다. 군대생활 중에 유경환 시인을 만나 유 시인의 주선으로 제대 후 사상계사에 입사하도록 되어 있었으나 사상계사가 그 당시의 정치적 경제적 혼란으로 어려워져서 좌절되었다. 그 후 성 시인은 고향으로 돌아와 공무원 생활을 시작하면서 부산에 정착하여 검찰직 공무원으로 근무하였다. 지금은 법무사로 개업을 하고 있다.

그는 10대에 벌써 시인으로 대성하였다고도 볼 수 있다. 그러나 그는 50년 동안 시를 쓰고 싶은 욕망을 안으로만 되새김질하고 있었다. 한편 그는 산을 사랑하여 자주 오르는 부산 근교의 산뿐만 아니라 아직도 일 년에 한두 번씩 지리산을 종주할 정도로 건강을 유지하고 있다.

2

성종화 시인은 주위의 권유로 2007년에는 계간 《시와 수필》지에 수필로 등단하여 수필을 쓰다가 드디어 2010년 제 1시집 『고라니 맑은 눈은』을 세상에 내놓았다. 이어서 제2시집 『간이역 풍경』을 엮었으며, 최근에는 그의 진주중학교 동기인 시인 정재필(1938~), 수필가 정봉화(1938~)와 함께 3인집 『남강은 흐른다』(2015, 월간문학출판부)를 발간하는 등 왕성한 작품 활동을 하고 있다.

성 시인의 작품세계는 필자보다는 선배이나 역시 성 시인의 고등학교 후배인 김봉군 평론가(가톨릭대 명예교수), 강희근 시인(경상대 명예교수, 한국문인협회 부이사장)이 쓴 제1시집과 제2시집의 해설에서도 밝혀진 바 있지만 서정적 발상에 그 근원을 두고 있다. 김 평론가는 「디지털 시대에 만나는 서정의 고향」이라는 제목으로 살펴보았고, 강 시인은 「성종화 시의 세 단계 시 세계」라는 제목으로 서정의 단계를 '서경(바라보기)-서정(안으로 품기)-통찰(버리기)'이라고 규정한 후, 이제는 통찰의 단계로 나아가고 있다고 보고 있다. 필자 역시 이러한 언급에 공감하는 바이다. 성 시인의 시는 고등학교 시절부터 해맑은 서정에 기반을 두고 있었다. 50년이나 공백기가 있었음에도 불구하고 그러한 시적 태도에는 변함이 없다. 그 동안 세파에 많이 시달렸겠지만 그의 사물에 대한 서정적 태도와 처리 능력은 녹슬지 않았으며, 살아온 세월만큼 원숙한 경지에 도달했다고 볼 수 있다.

그는 현대시의 지나친 난해성과 독자 이탈에 대하여 우려하는 견해를 자주 피력하고 있다. 그의 시집 가운데 모 문학방송에서 인터넷 책으로 제작된 것은 많은 독자를 가지고 있다고 한다. 따라서 그의 시는 난해시가 주류를 이루고 있는 현대시단에서 오히려 순수서정으로 많은 인터넷 독자를 확보하고 있는 셈이다. 그래서 필자는 어느 모임에서 성 시인의 제1시집을 언급하면서 정지용(1902~1950) 시인이 일제강점기 말에 박목월(1915~1978) 시인을 《문장》지에 추천하면서 언급한 '북에는 소월이 있다면 남에는 목월이 있다'는 추천사를 빗대어 '진주에는 수석(성 시인의 호)이 있다'고 한 적이 있다. 그리고 위 두 사람의 시 작품들은 시인들의 젊은 시절의 작품이므로 인생의 원숙한 경지에 이르렀다고 볼 수 없지만 성 시인의 경우는 노년기에 쓰는 서정시이기 때문에 원숙한 경지에 가 있다고 한 바 있다.

이제 그의 작품을 통하여 속도의 시대라고 하는 디지털 시대에 그의 시가 많이 읽히는 연유를 찾으면서 그의 자연에 대한 원숙한 경지가 어떻게 나타나고 있는가를 살펴보기로 한다.

두 개의 화폭이 천천히 다가온다

한 폭은
잔설이 쌓여있는 먼 산으로

또 한 폭은
햇볕 바른 과수원 길을 따라서

봄이 오고 있다

새마을호 열차가 천천히 아주 천천히
풍경을 완상하며 넘는다

추풍령 재를

– 「추풍령의 봄」 전문

예전에는 가장 **빠른** 열차였던 새마을호가 이제는 KTX라는 고속전철이 등장하면서 뒤로 밀려나고 말았다. KTX 덕택에 하루 만에 부산서 서울 다녀오기는 예사로운 일이 되었다. 뿐만 아니라, 인터넷이나 페이스 북이나 카톡에서 해외에 있는 사람들과도 거의 실시간 대화를 주고받을 수 있게 되었다. 각종 전자기기들은 속도 내기에 급급하고 있다. 뿐만 아니라 급격한 산업화의 후유증으로 지구촌은 환경파괴현상을 실감하게 되었다. 지구온난화현상으로 기상은 이변사태가 빈번하다. 이러한 현상을 극복하기 위하여 각국은 친환경 자동차의 개발을 서두르고 있다. 그런데 여러 분야의 인문학자들은 산업화로 인한 인간성 상실 현상을 극복하기 위하여 사람들에게 속도보다는 느림을 추구하라고 권유하고 있다. 사실 KTX를 타고는 창밖의 풍경을 감상할 수 없다. 너무 빠르게 지나가기 때문이다. 그래서 일부러 새마을호나 무궁화호를 타고 여행하는 사람들도 있다. 말하자면 느림의 세계를 즐기는 것이다.

성 시인이 추구하는 세계는 빠름의 세계가 아니라 느림의 세계이다. 앞에 인용한 작품은 이른 봄에 새마을호가 추풍령 재를 천천히 넘는 것을 바라보는 것으로 되어 있다. 작중 화자 즉 시인은 새마을호도 아닌 완행열차를 타고 새마을호가 천천히 넘는 것과 차창 밖의 봄이 오는 풍경을 완상하고 있다. 이러한 인식의 태도를 필자는 '느림의 시학'이라고 명명하는 바이다. 이 작품 말고도 많은 작품에서 '느림의 시학'을 찾을 수 있다.

　　(ㄱ) 개나리 조팝나무 꽃이
　　　　흐드러지게 핀

터널을 지나

완행열차가 가고 있다

풍상風霜을 싣고

그 세월만큼이나 오래도록

간이역마다 짐 부려도

언제나 만원이다 완행열차는

느리게

느리게

– 「완행열차」 전문

(ㄴ) 눈이 오는

깊은 산

아슴푸레

작은 암자 하나

노승은

면벽面壁 한나절

무청 시래기

툇마루에 내다놓았네

배고픈 산노루

찾아오라고

– 「산사山寺」 전문

〈ㄱ〉「완행열차」는 '느림의 시학'를 거의 직설적으로 표현
하고 있다. 앞에 인용한 「추풍령의 봄」이 건너다보는 풍경임에
비하여 이 작품은 완행열차를 타고 직접 느림을 만끽하고 있는
작품이다. 이와 같은 경향의 작품으로는 「여행」과 「길 떠날까
보다」 등이 있다.

〈ㄴ〉「산사」는 기차여행에서 발견하거나 즐기고 있는 '느림
의 시학'이 아니고 산 속의 고즈넉한 산사 풍경에서 느림과 여
유를 발견할 수 있는 작품이다. 감나무에 까마귀 몫으로 감을
다 따지 않고 남겨 두듯이 무청을 산노루가 먹으라고 내놓는 여
유, 그리고 면벽하고 있는 노승의 모습에서 느림을 넘어 시간이
정지하는 무시간의 경지까지 느낄 수 있는 것이 바로 이 작품이
다. 이러한 경향은 산사를 찾거나 산 속에 머무는 것이 시적 공
간인 「휴정암 가는 길」, 「겨울 산사에서」, 「안적암 가는 길」, 「속
리산으로」, 「먼 산을 보고」, 「산은 알고 있다」, 「산으로 가는 달」
등과 같은 작품들 도처에서 찾을 수 있다. 그는 힘들게 산행하
기보다 느리고 여유롭게 세파의 욕심들을 버리기 위하여 산을

찾고 절을 찾는다고 볼 수 있다.

　다음으로는 성 시인의 인정스럽고 자상한 성격처럼 가족을 제재로 한 작품들을 많이 만날 수 있는 것이 또 하나의 특성이라고 볼 수 있다. 그러면 이 가족들이 제재가 된 작품들의 지향성은 무엇인가를 밝혀보는 것 또한 흥미로운 일이다.

　　볏짚 부스러기가 묻은 채로
　　노지에서 바로 뽑혀온

　　어머니 기일에
　　제수용으로 쓸 쪽파 한 단

　　볏짚을 쓰고 엄동설한은
　　당신께서 살아오신 그 곤고함

　　파를 고르는
　　손끝에 묻어나는

　　아린 매움이
　　내 눈을 시리게 합니다

　　　　　　　　　　　　－「파를 고르며」 전문

이 작품은 어머니 기일에 쓸 제수용 파를 손질하면서 파를 통하여 돌아가신 어머니의 인고의 일생을 생각하는 자식의 심정이 형상화된 작품이다. 겨울을 이겨낸 파와 그것에서 풍기는 매운 기운이 적절하게 어머니의 곤고한 일생과 비유되고 있다. 그리고 거기에다 어머니에 대한 애틋한 그리움까지 중층적으로 함축되어 있다. 따라서 서정시의 본령인 '남에게 들리지 않게 소리죽여 흐느끼는' 양상의 정서를 잘 형상화한 작품이다. 이렇게 성 시인은 가족애를 드러내는 경우에는 '시치미 떼기' 같은 현대시의 정통적인 기법을 사용하기도 한다. 다음의 경우는 부부애를 역시 '시치미 떼기'의 기법으로 표현하고 있다.

늙어 여위어지니 맞는 옷이 없다
오늘 저 여자를 재봉틀에 앉혀야 하는데

시키지도 않는 집안 청소를
걸레질까지 해 주고

모아 둔 쓰레기에
음식물 찌꺼기까지 내다 버려주는데도

저 오래된 여우가
짚이는 데가 분명 있을 터인데도 모른 체하네

우리는 속내를 안 드러내고 딴짓 하면서도

그러면서 백년을 해로 할 거라네

－「해로偕老」 전문

비록 제목과 마지막 연에서 시인의 의도를 다소 드러내고 있
지만, 첫째 연부터 넷째 연까지 아내를 재봉틀에 앉혀 몸에 맞
지 않는 옷을 수선시키기 위하여 시인이 하는 행동은 정말 읽는
이들 누구나 미소를 머금지 않을 수 없는 부분이다. 말하자면
'시치미 떼기'를 시 속에서 시인이 몸소 행하고 있는 시가 바로
이 작품이라고 볼 수 있다.

물론 한 마디로 옷 고쳐달라고 말할 수도 있겠지만 우리나라
전통적인 부부애는 이심전심이며 이를 통하여 그야말로 백년
해로해 온 우리의 아버지와 어머니가 얼마나 많았을까 하는 생
각도 하게 하는 작품이다.

(ㄱ) 너무 오래 꿈을 꾸었다
　　꿈도 색깔이 있었다면 어떤 색깔이었을까

　　한잠을 자고 난
　　아직 새벽이 이른 시간에 머릿속이 맑아지면

　　호롱불 앞에 앉아 계셨다
　　내 이 나이가 되기 전 오래 전에 가신 아버지께서

147

뒤돌아보면서 마음 가벼웠을까

여위어져 가는 당신의 육신보다

내가 건너온 아버지와의 거리가

그렇게 멀고 멀리 돌아서 온 것만 같았는데

– 「아버지와의」 전문

(ㄴ) 새벽 먼 길 나서는 날에

할머니는

할아버지의 괴나리봇짐에

주먹밥과 미투리 여분餘分을 챙겨드리고

어머니는

중절모와 지팡이를 들고

사립문 앞에서 아버지를 배웅하셨네

오늘 내자는

스마트폰을 챙겨주면서

매사 빠듯이 시간 맞추려 말고

일정日程 넉넉하게 다녀오라 하였네

– 「가계家系 풍경」 전문

앞에 언급한 두 작품은 가족 가운데 어머니와 아내 즉, 여성에 관한 시인데 반하여 위의 (ㄱ)과 (ㄴ)은 아버지와 할아버지가 등장하는 작품이다. 물론 (ㄴ)에는 여성도 등장하지만 행동을 하는 주체는 남성인 할아버지, 아버지 그리고 성 시인 자신을 포함한 남성들이다.

(ㄱ) 「아버지와의」의 경우는 오래 전에 돌아가신 아버지를 꿈속에서 만난 것이 모티브가 된 작품이다. 그리고 꿈과 현실이 교차되는 새벽의 머리맡에 꿈속의 아버지가 앉아 계셨다는 환상을 진술하고 있는 점에서는 성 시인의 작품 가운데는 다소 이질적인 작품이다. 짧은 시작노트에서도 밝히고 있지만 아버지의 살아생전의 삶의 자세를 닮지 않고 싶었던 시인의 생각이 작품 속에 무의식적으로 나타난 결과 다소 애매성을 가진 작품이 되고 있다. 그러나 마지막 연을 주의 깊게 읽어보면 시인 자신이 스스로 아버지를 닮아 가고 있다는 작품의 내포를 깨달을 수 있다.

(ㄴ) 「가계家系 풍경」의 경우는 남성 3대의 나들이로 분주한 삶을 잘 내조하는 아내들을 형상화하고 있다. 나들이는 남성들이 하지만 그 남성들을 염려하고 챙겨주는 여성에 오히려 초점이 맞추어져 있는 점에서 성 시인의 가족지향성의 근원에는 모성지향성이 깔려 있다. 특히 (ㄱ)에서 아버지와의 거리감이 형상화되고 있는 점에서 더욱 그렇다. 이러한 경향은 「부뚜막 추억」에서 아이들이 성장하여 집을 떠난 허전함에서 시를 출발시켰으나 마지막에는 어머니에 대한 그리움에 귀착되는 구조에

서도 더욱 분명하게 드러난다. 작품 「미열」도 같은 경향이라고 볼 수 있다. 이렇게 모성지향성 혹은 여성지향성은 우리나라 서정시의 큰 흐름이다. 어떤 시인들은 어조가 여성스러운 경우도 있지만 성 시인의 경우 어조는 오히려 남성 그것도 인생을 달관한 현자의 어조를 가지고 있다. 그러나 그 역시 한국의 전통적 서정시와 맥을 같이 하고 있다는 증거가 바로 가족 시편들의 모성지향성이라 볼 수 있다.

지금까지 살펴본 작품들은 빠짐없이 작품의 전문을 인용하였다. 그 까닭은 성 시인의 서정시가 대체로 호흡이 짧기 때문이다. 그리고 지금까지의 1, 2 시집의 작품들이 모두 그러했다. 그런데 이번의 시집 말미에는 장시 3편이 수록되어 있다.

성 시인 자신은 연작시라 하고 있으나 필자는 3편 모두를 장시 그것도 서정적 장시라고 일단 장르적 규정을 하는 바이다. 왜냐하면 「아, 법정스님」의 경우 법정스님의 수상록들을 읽으면서 법정 스님의 삶 전체를 생각하며 쓴 시이기 때문에 법정스님의 일생이 녹아있다. 이런 면에서 단시들이 모였다고 해도 시간적 질서를 가지고 있다는 점에서 장시이다.

「풀잎 배 노래」의 경우는 부산에서 활동하다가 진주로 귀향한 노 작곡가의 요청에 의하여 연가곡용 가사로 쓰여 진 작품이어서 스토리의 전개가 드러나 있다. 이 작품은 아직 가곡으로는 작곡되지 않았으나 성 시인이 애초에 이번 시집의 제목으로까지 생각할 정도로 심혈을 기울려 쓴 작품이다. 「1. 풀잎 배 띄우며」로부터 「10. 장승이 되어」까지 10편의 가곡이 작곡될 것이 전제가 된 작품이다. 화자 '나'와 그가 사랑한 '소녀'가 등장하고 끝내는 소녀가 이사를 가면서 사랑한다는 말도 한 마디 못하고 헤어지는 아픔의 정서가 주조를 이루고 있다.

그러나 그 소녀는 「9. 애통」에서 결국 죽고 만다. 소녀의 죽음이라는 고통은 소년 '그'를 소녀의 무덤가의 장승이 되겠다는 소망을 피력하게 만든다. 비록 구체적인 서사성은 없지만 소년 '그'와 소녀의 슬픈 사랑 이야기가 하루 빨리 연가곡으로 작곡되어 우리에게 음악으로 다가오기를 기대해 본다.

마지막 장시 「섬 찻집 이야기」는 앞의 작품보다 훨씬 구체적인 공간 속에서 이야기가 전개되기 때문에 서술성의 경지를 넘어 서사성도 어느 정도 획득하고 있다. 그러나 감정의 진술로 인한 슬픔의 정서가 주조를 이루고 있기 때문에 서사시라고 보기는 힘들다. 화자 '나'의 가난한 가정사와 군 입대, 제대 그리고 귀향, 야학에서의 소녀의 만남, 청혼 가난 때문에 거절당하는 아픔 등이 「1. 고향」부터 「5. 청혼」까지의 줄거리이다. 「6. 해병으로 입대」부터 「10. 재회」의 줄거리는 군 입대 그리고 제대 후 귀향하여 결혼하여 가정까지 행복하게 꾸리다가 어느 날 우연히 찻집에서 찻잔을 나르는 그녀와 재회하게 된다. 그녀와의 재회로 '나'에게 폭풍우 같은 앞날이 다가올 것이 예감된다.

「11. 밀회」부터 「15. 어부 생활의 애환」에서 '나'는 결국 그녀와 밀회를 거듭하다가 가정도 버리고 그녀와 함께 탈출하여 이름 모르는 섬에서 보금자리를 꾸리며 어부 생활을 하게 된다는 내용이다. 그러던 어느 날 돌아온 오두막집에는 그녀가 남긴 사랑한다는 편지뿐이다. 「16. 그녀를 찾아서」와 마지막 시편 「17. 돌아가는 여객선」에서 '나'는 그녀를 찾아 헤매다가 섬에 처음 도착한 날 둘이서 들렀던 찻집에서 일하는 그녀를 찾게 된다. 그러나 그녀는 '나'를 진정 사랑하기 때문에 육지의 가족에게로 돌려보내기로 결심하고 만약 돌아가지 않으면 바다 절벽에서 떨어져 죽겠다고 선언한다. 단호한 그녀의 결심을 꺾지 못하고 여객선을 타고 '나'는 가족에게로 돌아가고 그녀는 선창가 찻집에서 떠나는 '나'를 하염없이 바라보고 있는 것으로 장시는 끝난다. 이 작품의 경우 시적 화자 '나'의 시점으로 쓰여진 탓으로 사건의 긴박감은 감소되고 있으나 '그녀'를 향한 '나'의 간절한 사랑, 그것도 비극적인 사랑을 효과적으로 형상화 시켰다. 사실 '나'와 '그녀'의 사랑은 불륜이요 일종의 도피 행각이다. 그러함에도 불구하고 슬픔이 절제되어 있고 서술 자체가 적절히 생략되었기 때문에 아름답게 느껴지는 효과가 있다.

3

지금까지 성종화 시인의 단시와 장시를 살펴보았다. 그의 단시의 경우 기차 여행이나 산행 그리고 산사 방문 등에서 얻은 많은 시편들이 모두 '느림의 시학'이라는 특징을 가지고 있다는 점이 밝혀졌다. 이 '느림의 시학'은 속도의 시대인 인터넷과

스마트 폰으로 상징되는 현대와는 정반대편에 서 있다고 하겠다. 그러나 지나치게 속도만 추구하여 시간에 대한 현기증과 소용돌이 속에서 어디로 갈 바를 모르는 현대인에게는 오히려 정신을 차리고 위안을 얻게 하는 시편들을 제공하는 것도 시의 한 방법이라고 볼 수 있다. 단시들의 또 하나의 특징은 모성지향성을 가지고 있다는 점이다. 이러한 현상은 그의 현자적인 어조와 어울려 한국 서정시의 전통과 연결되어 있다.

장시에 형상화 되어 있는 아프고 슬픈 사랑 이야기 역시 '느림의 시학' 못지않게 현대인에게는 찾아 볼 수 없는 정서이다. 이러한 역설적인 점 때문에 이미 성종화 시인의 인터넷 시집은 많은 독자를 가지고 있다. 어떻게 보면 종이 시집이 아닌 인터넷 시집에서 많은 독자를 가진다는 것은 하나의 아이러니요 이상현상이다. 성 시인의 소망대로 이번의 경우 종이 시집도 시간의 소용돌이를 탈출하려고 하는 많은 독자들에게 읽히기를 기대하여 본다. 그리고 종이 시집도 시집이지만 그의 고향 가까운 진주시 금산면 월아산月牙山(해발 471m)기슭의 사람이 빈번하게 다니는 좋은 자리에 다음의 시가 시비로 세워지기를 소망하면서 해설을 마무리하기로 한다.

흰 눈은 내려서 쌓이고

쉼 없는 붓놀림
선지宣紙 위 화필이

산 아래 마을이 저녁연기에 고즈넉하고
다랑이 논들이 눈발에 흐려져 오면

산기슭 소나무 군락은
짙은 운무에 묻혀 가구나

월아산 정상의 아침

진주사람 산을 내려가며
지난 밤 겸재*가 그려두고 갔나보군

*겸재 정선(1676~1759): 조선 후기의 화가 문신 ,인왕재
색도(국보 제216호), 금강전도, 석굴암도, 노산초산도 등
이 있다.

− 「진경眞景 산수화」 전문

존재의 진실에 다가서는 시와 철학

– 박순영(철학박사, 연세대학교 명예교수)

> 시는 절대적인 현실이다. 이것이 내 철학의 핵심이다.
> 시적이면 시적일수록, 그만큼 더 진실하다 – 노발리스

1. 만남

금년 7월 중순경, 『남강은 흐른다』(정재필, 성종화, 정봉화 3인 작품집, 2015년, 월간문학출판부)에서 나는 시인 성종화의 시의 세계를 처음 접하였다. 그가 펼쳐주는 시의 세계 속으로 나는 무한히 빠져 들어갔다. 원래 시에 대해서 거의 문외한인 나였지만, 성 시인이 내게 옮겨다 준 의미로 가득 찬 시적 세계를 만날 수 있었다. 나는 그의 시에 매혹 당했다. 그는 이해하기 쉬운 시적인 표현들로 내 마음을 흔들었고, 그의 깔끔하게 정선된 시어가 나를 깊은 영혼의 세계로 인도하였다. 성 시인이 시적 문학의 형식을 빌어서 이처럼 아름답게 자연을 노래하면서도, 삶과 죽음의 진실을 깊이 해석해낼 수 있었음에 감탄하였다. 그의 시가 한 동안 내 마음을 사로잡았고, 거기서 나는 벗어날 수가 없었다.

시골 간이역의 풍경은/봄보다는 아무래도 가을이 좋다//
철길에 코스모스 꽃잎이/파란 하늘에 흔들려 주면 더 좋
다//손수건의 여인이 없어도/언제 올지 모르는 기차를 기
다리며/혼자서 서성이는 것은 더 좋다//내 젊은 날/목적
지가 있어서도 아니면서//훌쩍 집을 나서본/시골 간이역
의 기억이 있다는 것이 참으로 좋다//사람들은 그 가슴에
/언젠가부터 하나쯤/그런 간이역을 가지고 있을 것이다//
다만/세월에 바래져서 비록 희미하기는 하더라도-「간이
역 풍경」 전문

　여기 '사람들은 그 가슴에, 언젠가부터 하나쯤, 그런 간이역
을 가지고 있을 것이다' 라는 여섯 번째 연이 나로 하여금 아련
한 기억과 회귀하고 싶은 향수를 갖게 하는 어떤 공간을 떠올리
게 한다. 그 간이역이라는 말은 정현종 시인의 『거지와 광인』에
실려 있는 「섬」을 생각나게 했다. '사람들 사이에 섬이 있다/그
섬에 가고 싶다' 사람들 사이의 '섬' 이나 내 가슴 속의 '간이
역' 이 실제로 존재하는가의 여부와 상관없이, 간이역과 섬은 내
게서 아직도 희미하게나마 남아있는, 한번 되돌아가 보고 싶은
어떤 특정한 삶의 공간이 되고, 의미의 공간으로 작용하고 있었
다. 긴박하게 조여드는 일상적 삶의 강압에서 해방된 간이역이
나 각박한 사람들 사이의 관계속박 너머에 있는 섬은 인간 자신
의 삶의 진실을 돌이켜 되돌아보게 하는 비밀스럽고 또 신비스
런 공간이 된다.

시인은 몇 개의 단어만 발설해도, 당장 하나의 세계를 세우는 것 같다. 상상을 통하지 않으면 들어가 볼 수 없는 영혼의 세계를 시인은 언어를 통해서 건설해 낸다는 말이다. 나는 성 시인이 안내하는 시의 길을 따라서 존재의 진실에 다가가 볼 수 있었다. 그래서 나는 그 분에게 부탁했다. 만약 그가 다음에 새 시집을 낸다면, 내가 꼭 그의 시에 대한 감상문을 써 보고 싶다고 말했다. 훌륭한 시인을 만나고, 또 그를 여러 사람들 앞에 내 세우고 싶은 마음은 광맥에서 금을 찾아낸 것과 같은 기쁨에 비유될 것이다. 그 약속을 지키기 위해서 이 일을 시작했지만, 나는 평생 한 번도 시에 대한 감상문을 써 본 적이 없었다. 어떻게 그의 시에 접근해야할지 알지 못했다. 그래서 감상문을 쓰는 일이 얼마나 어려운 일인지를 너무 늦게야 깨닫게 되었다.

시인들의 세계를 내가 잘 알지 못할 뿐만 아니라, 현대시들을 다양하게 접해 보지 않았기 때문에, 내가 읽고 또 감상하고 있는 성종화 시인의 시가 어떤 분류에 속하는 것이며, 시의 역사에서 어떤 경향에 서 있는 것인지도 모르면서, 그 분의 시에 대해서 말하는 것은 무례한 일에 속할 수밖에 없다. 아무리 내가 문학 평설가의 역할이 아니라, 단순한 독후감과 같은 시 감상문을 쓴다고 해도, 감히 내가 그 분의 시에 대한 해석을 시도한다는 것은 용납될 수 없는 일이라고 생각했다. 왜냐하면 내 능력과 상관없이, 시란 감히 누구든 쉽게 접근하기 어려운 하나의 독자적인 세계이기 때문이다.

독일의 시인 릴케(Reiner Maria Rilke)는 시에 대해서 다음과 같이 말했다.

> 우리가 모든 것들을 다 이해할 수 있고 또 말로 표현할
> 수 있는 것은 아닙니다. 대부분의 사건들은 말로 표현할
> 수가 없습니다. 왜냐하면 그것들은 우리의 말이 한 번도
> 발을 들여놓지 못한 영역에서 일어나니까요. 이 모든 것
> 보다 더 말로 표현할 수 없는 것이 바로 예술작품들입니
> 다. 이것들은 신비스런 존재들이죠. 이것들의 생명은 우
> 리의 삶이 덧없이 스쳐 흘러가는 동안에도 변함없이 이어
> 집니다.

이 말은 젊은 시인 카푸스(Franz Xaver Kappus)가 릴케에게 자
신의 시를 평가해 달라고 부탁했을 때, 릴케는 예술작품은 '신
비스러운 존재'에 해당함으로 거기에 대한 평가는 불가능한 일
이라는 답장을 써 보냈다. 이런 릴케의 편지들을 묶어서 카푸스
는 『젊은 시인에게 보내는 편지』를 출판했다. 예술작품의 꽃이
라고 할 수 있는 시는 '신비스런 존재', 글자 그대로 말하면 예
술작품은 '비밀에 찬 것(geheimnisvolle Existenz)'이라고 할 수밖에
없다.

릴케의 말에 동의하면서, 지금 나는 비밀이 차 있는 성 시인
의 시편들을 대하고 있다. 문학 평설을 하는 입장에서가 아니
라, 철학을 공부하는 독자의 입장에서 다가가고 있다.

철학자와 시인과의 관계를 생각할 때마다 나는 시인 조병화

교수님을 떠올린다. 1970년대 말 나는 잠시 경희대학교 철학과에 근무했다. 그 무렵 국문학과에는 소설가 황순원 교수님과 시인 조병화 교수님이 계셨다. 나는 조병화 교수님과 가끔 학교에서 마주칠 때가 있었는데, 그 때마다 '철학과 시는 같은 거야!' 라고 외치는 것이 그 분의 인사였다. 그런데 나는 그 분의 말을 그냥 인사치례로만 여겼다. 그의 인사, '철학과 시' 의 깊은 관계를 내가 심각하게 받아들이지 않았던 것이 지금 아쉬움으로 남는다.

바슐라르(Bachelard)는 '철학자들이 시를 어떻게 읽고 이해하는 것을 알게 된다면, 철학자는 시에서 참으로 많은 것을 배울 것이다' 라고 말했다고 하는데, 나는 그 기회를 정말 놓치고 말았다. 연세대학교에 근무하면서, 나는 가까이 있었던 시인 정현종 교수의 시를 자주 읽고 또 외우기도 했다. 그런데 정작 내가 그의 시의 세계를 철학적으로 이해해 보는 글을 쓰겠다는 약속을 언제인가 하고도 지금까지 지키지 못하고 있다. 이제 내가 지난날에 못했던 일을 시인 성종화의 시를 만나면서 이루고 싶은 마음이 불 같이 일어났다. 늦게 만난 시인 성종화의 시를 통해서 철학자와 시인이 함께 존재의 근원, 즉 존재의 진리에 다가가고 있다는 것을 밝히고 싶었기 때문이다.

2. 시와 철학

시와 철학이 같은 것이란 말의 의미를 깊이 생각해 보면서,

나는 시가 인간적인 삶에서 가지는 의미는 무엇일까를 생각해 보았다. 먼저 시인과 철학자는 언어를 통해서 사유하고 있다. 그리고 철학자와 시인은 인간의 삶의 문제를 두고 씨름하고 있다는 점에서도 같다. 고대 그리스 철학자 플라톤은 소크라테스의 입을 통해서 시인을 부정적으로 평가했지만, 현대 철학자 중에는 시를 긍정적으로 평가하고, 시인의 작품 속에서 철학자 자신의 사유를 찾아내고 성숙시키는 경우도 있다. 하이데거 (Heidegger)와 같은 철학자가 바로 그런 유형의 철학자이다. 하이데거는 독일 시인 횔더린이나 릴케, 트라클과 게오르게 등의 시를 철학적 분석의 대상으로 삼았고, 그 시인들로부터 자신의 후기 철학에 대한 귀중한 발상을 얻어내기도 했다.

플라톤은 그의 저작 「국가」에서 시인들이 들려주는 설화와 이야기들은 젊은이들의 혼을 형성하고 교육시키는데 좋지 않은 허구를 가르친다고 생각했다. 헤시오도스와 호메로스 같은 시인은 신들이 부덕과 악을 행하고 있다고 기록하고 있다. 서사시를 쓰건, 서정시를 쓰건, 비극을 쓰건 간에 시인들은 실재를 모방하는 것이 아니라, 실재에 대한 현상이나 그림자만 모방한다고 생각했다. 만약 젊은이들이 시인의 이런 방식의 모방에 길들여지고, 그런 태도를 자신들의 성향으로 삼아버리면, 진정한 본질과 실재를 아는 것에서 멀어진다는 것이다. 그래서 플라톤은 시가보다는, 철학적인 사유를 우위에 두었다. 그렇지만 플라톤은 오늘 우리가 시를 이해할 때마다 시인이 우리에게 전해 주고자 했던 본질적인 의미에 접근하게 하는 중요한 사유의 틀을 제공하고 있다. 아마 이런 토대 위에서 하이데거는 철학적 사유와 시적 사유의 동근원성을 말하고 있을 것이다.

철학적 사유는 집약된 추상 개념을 통해서 삶과 세계의 실재에 다가서려 한다. 반면 시는 비교적 이해할 수 있는 응축된 언어로 삶과 자연의 진실을 표출해 내려고 한다. 그럼에도 시인 조병화가 시와 철학이 같은 것이라고 말했던 이유가 무엇일까를 생각하게 된다. 시인의 시는 우리에게 비교적 쉽게 다가오는데, 철학은 난해하다. 시인 조병화는 인간의 일상적인 삶과 인생의 본질에 대한 폭넓은 문제들을 아주 쉬운 일상적인 언어로 표현해 많은 독자에게 사랑을 받았던 시인이었다. 그는 현대시가 난해하고 읽히지 않는다는 통념을 무너뜨리고 시를 썼던, 몇 안 되는 시인 중의 한 사람이다.

> 바다//겨울 바다는/저 혼자 물소리치다 돌아갑니다//아무래도/다시 그리워/다시 오다간 다시 갑니다//해진 해안선에 등대만이/말 모르는 신호를 반복하지만/먼 바다 소식을 받아주는 사람 없어//바다/겨울 바다는/저 혼자 물소리치다 돌아갑니다 – 조병화 「해변」 전문

여기 성종화 시인의 시가 있다. 그도 역시 쉬운 시적언어로 존재의 진실을 표현하려고 했지만, 조병화 시인보다는 좀 더 깊은 차원에서 그 세계를 그리고 있다. 누구와의 연결도 없는 무한의 시간을 향해 왔다가 다시 돌아가는 「해변」의 바다물결은 「깊은

산이면」에서 추녀 끝의 잉어의 흔들림이나 먼 바다의 물살가름,
천년을 넘어 뜨고 지는 달로 대응하듯 보이다가, 마지막 연에서
'한 찰나의 스침' 에 대한 깨우침으로 전환시켜나간다. 그렇게
보면 시와 철학에 공존하는 이런 지혜와 깨달음 때문에, 그 둘
간의 유사성과 동근원성이 말해지고 있는 것이라 생각된다.

　　마음이 깊은 산이면

　　저 추녀 끝에 매달린
　　잉어의 작은 흔들림도

　　먼 바다의
　　큰 물살가름 소리로

　　중천에 떠있는 저 달이
　　즈믄 해를 떠 저 감도

　　한 찰나의 스침이리라
　　지나고도 깨닫지 못하는
　　　　　　　　　　　　　　　　　　－「깊은 산이면」 전문

　　하이데거는 철학자나 시인이 같은 언어를 사용하고 있지만,
시적 언어가 가장 언어의 본질에 가깝다고 말한다. 왜냐하면

'언어자체가 본질적인 의미에서 시'이기 때문이라는 것이다.

시는 언어의 근원이다. 시는 순수하게 존재를 말하고 있다. 그리고 시는 존재를 밝히고 보호하는 근원적이고도 본래적인 언어이다. 그래서 언어의 근본을 가장 순수하게 인식하기 위해서는 우리는 시를 연구하지 않으면 안 된다. 시적 언어 중에서도 가장 순수하게 말해지는 언어는 바로 서정시의 언어라고 하이데거는 말한다.

시인은 구체적인 삶의 환경에서 얻는 인생의 지혜를 시적인 언어로 표현해낸다. 사람들은 자신의 삶이 아직 의미를 정하지 못하고 혼란스럽다고 느낄 때나, 뭔가 자신에게 명확하게 다가오지 않을 때에 가끔 시를 만난다. 그때 시는 우리의 구체적 삶의 상황을 어떤 방향으로 확정짓도록 도와준다.

우리는 시를 만나면서 즐거움과 안정을 얻기도 하지만, 시를 통해서 비춰지는 존재의 빛을 바라보기도 한다. 그것이 시가 우리에게 가져 다 주는 선물이다.

하이데거는 시를 문학의 한 장르로만 보고 있지 않는 것 같다. 시, 즉 포에틱(poietik)이란 말은 그리스어 포이에시스(poiesis)란 말에서 왔다. 이 말은 '무엇을 만들고 제작하는 것'을 의미했다. 그러나 하이데거는 '제작한다, 생산한다'는 이 말을 '은폐되어 있었던 것으로부터 열어주는 것'으로 이해했다. 시는 은폐되어 있었던 본질적이고 본원적인 것을 열어 펼쳐주는 것이라 할 수 있다. 마치 죽음이 삶을 열어주는 것처럼 말이다. 이런 이유로 하이데거는 『예술작품의 근원』에서 언어의 기능에 대해서 더욱 집중하고 있다. 언어는 존재자의 존재를 열어주고 밝히는 기획이다. 그래서 언어의 본질 깊이에 있는 시는 바로 그런 기능을 수행한다. 하이데거가 휠덜린(Hölderin)을 시인 중의 시인이라고 불렀는데, 이 휠덜린은 시인을 절반의 신, 즉 반신半神이라고 했다. 그러니 존재의 비밀을 열어줄 수 있는 사람인 시인은 절반의 신일 수밖에 없다.

시인들은 압축된 언어 속에 생각을 모은다. 그리고 운율을 더함으로써 기억하기에 좋게 한다. 시인의 말 속에는 생각을 설득하는 힘만 있는 게 아니라, 그 생각을 간결하게 표현함으로써 끊임없이 유동하는 인생의 물결 속에서 하나의 생각으로 구체화하여 그 다음에 오는 경우를 위해서 그 생각을 인용할 수 있게 하는 기능을 가지고 있다. 이처럼 시인들의 재능은 철학자들처럼 삶의 경험에서 오는 진리를 압축시키고 간결하게, 그리고 분명하게 이해할 수 있도록 표현하는 능력을 가지고 있다. 언어의 마술사인 시인은 시를 통해서 잠자고 있는 자연을 깨우고 자연이 스스로 노래하게 만든다. 같은 내용의 말이라도, 산문으로 말했을 때와 시적 형식을 빌어서 말했을 때는 비교할 수 없는 차이를 감지하게 된다. 그렇다면 시는 운율이 있는 철학이라고 말해도 좋을 것 같다.

시인의 눈을 통해서만 우리는 세상의 아름다움을 인식할 수 있다는 것이다. 인간은 언어 속에서 살고 있고 언어 속에 갇혀 있다. 언어가 인도하는 만큼의 세계를 바라볼 수 있고 이해할 수 있다. 시인들이 만들어 낸 시를 통해서 인간의 삶이 형성된다. 오스카 와일드(Oscar Wild)의 말처럼 '자연은 시인을 모방하고 있다.' 우리는 시인의 언어를 통해서 세계를 보며 시인이 가리키는 세계, 그 바깥을 나가지 못한다. 우리의 사고는 언어의 길을 따라가고 있다. 그리고 순수한 시 속에서 우리의 사고의 길이 열려지고 있다. 우리가 어떤 방식으로 느끼고 감동하고 기뻐하고 슬퍼하고 사랑하고 동경해야 하는가의 방법을 모두 시인에게서 배운다. 그리고 시인은 우리를 철학으로의 길을 인도해주기도 한다.

성종화 시인의 시적 언어는 순수하고 티 없이 맑다. 그의 시에서는 결코 난해한 단어를 찾아보기 힘들다. 다만 우리가 그의 시적 사유의 길을 넘어서 있는 존재의 진실에 도달하는 것이 어려울 뿐이다. 그의 시는 영혼의 외침이다. 그의 시적 사유의 길을 따르기 위해서는 우리의 일상적인 틀을 깨트리지 않으면 안된다. 왜냐하면 우리는 익숙해버린 사유의 틀 속에서 살아가고 있으며, 그 영역을 벗어나지 못한다. 그런 의미에서 시인은 우리가 다가갈 존재의 진실을 먼저 열어 나가고 있다고 할 수 있다. 그래서 시인의 능력은 신으로부터 내리는 것이 아닌가 생각한다.

3. 자연 – 그 무한하고 영원한 근원

파란 하늘, 흰 구름, 깊은 산 계곡, 옹달샘, 산 들머리 토담집,

산바람, 바람소리, 하늘 길, 풍경소리, 산새와 산 노루, 푸르디푸른 청솔, 나무숲과 언덕, 기슭으로 굽이치며 펼쳐진 초원, 그 위로 비쳐오는 따스한 햇볕, 들 바람과 새소리 등 이런 자연의 풍경은 전형적인 전원경치로 등장하는 서정시의 소재이다. 성 시인은 봄, 여름, 가을, 겨울을 모두 노래한다. 그리고 그의 시에 등장하는 꽃과 풀과 나무, 동물과 새의 종류는 수 없이 많다. 한국의 문학작품에 '이름 모를 꽃들이 여기저기 피어있고, 이름 모를 새들이 지저귀고 있는……' 등등의 표현들이 자주 나타나는 것을 누군가 비꼬았는데, 성 시인의 시편에는 아주 다양한 꽃과 새들의 이름이 등장하고 있다. 두릅나무, 산뽕나무, 조팝나무, 홍가시나무, 찔레꽃, 복사꽃, 패랭이꽃 등 나무와 꽃만 38종 이상의 이름이 나온다. 그리고 산노루, 사슴, 딱따구리, 소쩍새, 할미새, 밀화부리 휘파람새, 동고비, 호반새 등 짐승과 새 이름이 32종 이상 등장하고 있다. 성 시인은 자연을 너무 사랑했고, 자연에 가깝게 다가갔던 시인이다. 자연, 그리고 자연이 그려낸 풍경에 대한 낭만적인 시상, 그것이 바로 서정시의 고향이었다. 이런 유형의 서정시를 전원 서정시라고 갈래 지우는데, 시인 성종화의 시에서도 이런 제재의 시가 다수를 차지하고 있다.

그가 읊조리는 자연은 높은 하늘, 넓은 바다, 깊은 어머니의 가슴처럼 포용적이고, 포섭적이다. 만상을 품에 안고 있으며, 거기에 조응하고 있다.

새마을호 열차가 천천히 아주 천천히/풍경을 완상하며 넘

는다(「추풍령의 봄」 부분)

봄을 가득 실은/노고지리의 소리들을 가득 실은 지하철이
(「봄을 실은 지하철」 부분)

지붕 낮은/토담집 한 채//주인은/오래전에 집을 비웠나
//…한 땀 한 땀을 걸어서/지리산 둘레길을(「둘레길에서」
부분)

아무리 소중하다 해도/내 분수에 과하다 싶은 것과//있어
서 별 소용없고/버려 아깝지 않은 것들을 챙겨서//산에 올
라서/다 비우고//…(「산은 알고 있다」 부분)

자연은 무위의 주체이다. 시인의 시에 무위자연을 대립하는
인위의 제작물이 자연 속에 출현한다. 지하철, 새마을호, 주인
없는 토담집, 사람들이 만든 둘레길, 배낭에 넣어온 소용없는 물
건들마저 자연의 품에 안으면서, 더 넓고 깊은 자연으로 거듭난
다. 무위의 자연 속에 인위적인 것 모두가 포섭되어서 자연스럽
다는 것이다. 인위적인 산물은 무위적이고 원초적 자연에 배타
적인 관계에 서 있지만, 여기서 모든 것이 근원적인 자연 속으
로 포섭된다. 시인은 우리 인간이 자연과 불가분의 관계를 맺고
있다는 것을 말해주고 있다. 자연은 인간의 고향이다. 인간은
자연 속에서 태어났고, 그 속에서 살아가고 다시 거기로 돌아간

다. 또한 인간은 자연과 하나가 된다.

> 내 안에/멧새가 한 마리 살고 있다//…부화한 새끼가 다
> 시 내 안으로 들어와//아주 터를 잡으면서/나를 보고 산
> 이라네(「산이라네」 부분)

> 내 마음 안에 강물이 흐른다면//…양안으로는 수초가 자
> 라고/이제 막 부화한 민물치어가 노는 작은 강//…아 그
> 런 강물이 흘러가 주었으면//(「내 마음 안에·2」 부분)

> 산은 멀리서 볼수록/마음으로는 더 다가오는가//…내 안
> 의/나의 눈뜸이여!//머언 산/산이 이미 내 안에 와 있구나
> (「먼 산을 보고」 부분)

성 시인은 결국 그의 절친한 친구까지도 자연 속에서 노닐고
있는 한 마리의 늙은 사슴으로 묘사한다.

> 눈이 내리는 호반湖畔
>
> 청솔 푸른 잎새 위에
> 쌓이는 흰눈
>
> 호수 면에 뜨는

눈雪발 그림자

뒷산 딱따구리
나무 쪼는 소리에

늙은 사슴 한 마리

〈시작노트〉
진양호 호반의 별장에서 노후를 은거하는 친구 로중 형
을 그려 보았습니다.

—「고향초故鄉草」 전문

　친구를 한 마리 사슴으로 비유한 것은 그의 특이한 자연관 때
문이다. 그는 자연을 인간과 생물이 일체를 이루는 원점으로 생
각하고 있다. 그 원점에 서로 배제하고 분류되고 평가되는 인
간-생물의 대립이 아니라, 모두 하나가 되며 손상되지 않는 원
자연에 대한 동경이 자리 잡고 있다. 그래서 자연 속의 동물과
식물을 의인화시키거나 인간의 순수한 공감적 감정에 연결시
켜서 표출시키고 있다.

　추운 날//빨랫줄에 앉은 제비 떼들/맨살의 종아리들(「봄을
실은 지하철」 부분)

희미한 온기에//돋아나려다가//무참하게 베임//끓는 탕에
서/또 한 번의 죽음(「쑥잎」 부분)

노승은/면벽面壁 한나절//무청 시래기/툇마루에 내다놓았
네//배고픈 산노루/찾아오라고(「산사山寺」 부분)

남새밭 푸성귀를 다 망가뜨려 놓아도/어쩌랴 배가 고프기
는 사람이나 짐승이나(「고향 마음」 부분)

　자연은 생명이다. 이렇게 자연에 대한 애정이 생명사랑과 생
명에 대한 외경畏敬으로 나타난다. 단순한 자연 풍경에 대한 낭
만적인 서정만이 아니라, 자연 자체에 대한 진지한 관심이 그의
시 전체에 나타나고 있다. 자연 서정시에 대한 관심은 1940년
말 한국의 서정시의 새로운 발견이었다. 소설가 김동리가 청록
파의 시인 박목월, 조지훈, 박두진을 자연을 고향으로 삼고 있는
시인으로 특징지었다. 그리고 이들 시인은 '자연의 발견'이라
는 자연주의의 사명을 갖고 있었다고 평한다. 그 이후에 청록파
시인에게 붙은 이름은 바로 '자연'이었다. 청록파는 한국시문
학사에서 자연에 관한 전통적인 서정을 구현한 주요한 유파로
평가되어 왔으며,《청록집》 역시 자연시의 '정전'으로 인식되
어 왔다. 그래서 청록파는 해방 이후의 순수문학을 계승하여 한
국시의 '순수서정'을 심화, 발전시켰다는 평가를 받고 있다.
　청록파 시인들 사이에는 각기 다른 특성을 가지고 있어서, 획

일적으로 한 특성으로 묶는 것에는 무리가 있다한다. '청록파'라는 명칭이 시인 박목월의 시 「청노루」에서 연유한 것처럼 시인 박목월을 청록파의 대표적인 시인으로 볼 수도 있다. 그런데 대부분의 비평가들은 박목월의 초기의 시를 '향토색 짙은 소박한 자연'에서 자신의 시적인 발상을 얻어내고 있다고 평하고 있다. 성종화 시인의 시적 발상도 박목월 시인과 마찬가지인 것 같다. 그래서 성 시인은 청록파 박목월에 시사적詩史的 전통을 이어가고 있다고 말해도 좋을 것 같다. 물론 그 당시의 자연시와는 아주 다른 역사적 배경과 시적 발상의 관점에서 말이다.

박목월의 자연 서정시의 대표적인 예시가 되고 있는 시 「靑노루」는 순전히 시인 마음의 지도에서 그려진 실재하지 않는 자연 풍경이다. 시인 자신도 고백하듯이, 그 시에 나오는 청운사靑雲寺나, 자하산紫霞山은 실제로 존재하는 지명이 아니고, 더 더욱 '靑노루'는 상상 속의 노루이다. 시인은 자연시를 통해서 일제 식민지 통치하의 조선 청년들이 암울한 현실에서 벗어나기 위한, 상상 속 청운의 이상을 그렸다고 본다. 그리고 박목월의《청록집》에 수록된 서정시를 '한 폭의 그림, 그것도 아담한 담수채의 동양화 같은 느낌'이라고 평가하는 것은 이미 일반화되어 있다고 말한다(심선옥, 청록파의 문학사적 의의와 박목월의 초기시 연구), 실제로 박목월은 그 시대에 풍미했던 산수화의 영향을 받았다고 한다.

성 시인의 시에서도 자주 자연 풍경을 산수화로 그리는 것에 비유하는 언어를 사용하고 있지만, 그의 시적 발상은 박목월 시

와 맥은 같이하면서도 무위자연과 근원적 자연에 조응한 시적
체험에 근거해 있다고 보인다.

> 두 개의 화폭이 천천히 다가온다//한 폭은/잔설이 쌓여있
> 는 먼 산으로//또 한 폭은/햇볕 바른 과수원 길을 따라서
> //봄이 오고 있다(「추풍령의 봄」 부분)

> 흰 눈은 밤을 새워서 내리고//쉼 없는 붓놀림/선지宣紙 위
> 화필이//월아산 정상의 아침//진주사람 산을 내려가며/지
> 난밤 겸재가 그려두고 갔나보군(「진경眞景 산수화」 부분)

성 시인은 자연 풍경을 산수화처럼 단순히 그려내는 것을 넘
어서 자연으로부터 치유와 화해를 갈망하고 있다. 인간이 자연
을 관상하는 수준의 단계를 순수한 감정의 단계, 도시생활로 인
해서 자연에 대한 초기의 애정이 사라지는 단계, 그 다음에는
물질주의와 세속적인 생활의 무상함에서 휴식하고 활기를 회
복하기 위해서 자연으로 돌아오는 단계가 있다는 영국 시에 대
한 분석을 시도했던 브라이언(Ingram Bryan)의 이론에 의해 서정
시의 단계를 해석한 글(최창록, 청록파의 자연관과 시사적 의의)에
따르면, 성 시인의 다음의 시는 바로 이런 단계에 해당하는 것
같다.

> 사람마다 마음 안에는

풍경화 한 폭은 담아 있으리라

화필畵筆로 그릴 수도 없는
렌즈의 피사체被寫體는 더더구나 아닌

비록 모래바람이 부는
삭막함 속에 살아도

초원과 숲과
그 너머로 호수가 보이는

사람마다 그 마음 안에는
오래 꺼지지 않는 등불처럼

풍경화 한 폭을

－「풍경화 한 폭을」전문

　브라이언이 제시하는 마지막 최고의 단계는 인간이 자연에
서 '우주적인 힘', '전체적인 정신', '영원한 생명과의 교감'을
느끼는 것이라고 한다. 그는 영국의 시를 논하면서, 이런 단계
를 구분해 보았고, 그 마지막 단계에서 시가 완성되는 것이라
본 것 같다. 최종적인 단계가 되는 우주, 전체가 유기적인 통합
속에서 사고되는 것은 그리스 철학에서도 찾아볼 수 있다. 그들

에게서의 자연, 즉 퓌지스(physis)는 우주의 질서, 영원한 자연, 본성과 근원을 의미했다. 그래서 그들에게서의 자연은 풍경과 경치로서의 자연, 관리하고 정복하는 대상으로서의 자연이 아니라 우주의 근원으로서의 자연이었다.

그러므로 성 시인의 자연은 소유와 욕망, 디지털 문화로 오염된 모든 인간의 삶의 영역이 원 자연, 근원적인 자연으로 되돌아가 가는 소망이기도 하다. 그것이 바로 존재의 세계이며, 삶과 죽음이 동근원적으로 공존하는 세계이다.

김동리도 한국의 문학정신을 논할 때마다 '구경적究竟的 생의 형식'에 대해서 말했다. 인간은 천지의 분신이고 천지와 유기적인 관계 속에 서있다는 체험을 가져야만 천지와 동화될 수 있다는 것이다. 이런 인간의 운명을 발견하려고 애쓰는 것이 구경적 삶이라고 한다.(김종익, 김동리의 구경추구究竟追求에 관한 고찰) 그러나 소위 모더니즘의 문학들은 이런 자연에 대한 구경적 정신을 거부했다고 비판한다. 김동리가 청록파의 시작詩作 정신을 높이 평가한 이유도 바로 여기에 있다.(참고, 김동리, 삼가시三家詩 와 자연의 발견 - 박목월, 조지훈, 박두진에 대하여, 예술조선, 1948)

인간과 만물은 자연 속에서 하나이고 전체이다. 모든 것은 거기서 유래했고 다시 거기로 돌아간다는 것이 진리이다. 그것을 발견하려는 것이 만약 '구경추구'이고 '영원한 생명과의 교감'이라면, 모든 생명은 결국 자연으로 회귀해야 한다. 그것이 그 답이다.

내 죽으면
산에서 살겠다고 한 그 친구

지금쯤
이 산 어디에
한 그루 나무로 살고 있을까

아니면 작은 새 되어
이 나무 저 가지로 나래짓 하는가

여보게
이 잔盞 받으시게나

허허허 마지막 이승 웃음 남기고
이제 구름 되어 흩어지게나

– 「시산제」 전문

　　죽어서 한그루 나무가 되었건, 작은 새가 되었건, 구름이 되
었건 간에 모든 것은 자연으로 돌아간다. 무한한 근원 자연의
품으로 돌아간다. 자연의 품에서는 존재하는 것들이 모두 각자
다양한 존재방식으로 나타날 뿐이지만, 그 존재 자체는 근원적
인 자연이다. 구성되고 남아있는 것은 자연의 품, 무한의 품에
서 다르게 나타나는 존재자들이다. 하이데거는 그의 철학에서

존재하는 것들(존재자, Seiende)과 존재 자체(존재, Sein)를 구별한다. 이 세상에 존재하는 것들 중에서도 인간은 다른 존재자들과 구별된다. 인간은 존재하는 것들에 같이 속해 있으면서도 그들과 다르기 때문에 인간과 사물간의 차이를 하이데거는 존재적 차이(ontical difference)라 부르고, 인간을 포함하여 모든 존재하는 것들(존재자)과 존재 자체(존재)와의 차이를 존재론적 차이(ontological difference)라고 부른다. 지금 우리는 근원적인 자연, 곧 존재를 거론하고 있는 것이다.

성시인의 시에서는 인간의 유한성이 자주 언급된다. 인간 존재는 결국 다른 존재자들과 같이 시간 속에서 유한할 수밖에 없다. 그래서 인간은 무한한 것, 바로 자연을 넘어설 수 없다. 그러나 인간만이 존재자를 넘어서 존재를 질문 한다.

연작시 「아, 법정스님」의 첫 번째 시 「서 있는 사람들」에서 세상을 떠난 스님 법정이 자연으로 귀향한 것으로 표현한다. 자연은 단순히 시적 진술의 대상일 뿐만 아니라, 인간은 자연에 귀속할 수밖에 없는 유한한 존재임을 담담하게 말해주고 있다. 떠남과 죽음을 있는 그대로 받아들이는 태도가 초연한 모습으로 나타난다.

차라리 다 접고/내 다시 산으로 돌아가려네//산에서 봄을 맞으니/보고 들음을 가릴 수 있게 되어/내 마음의 뜰에 맑음이 고이네//내 돌아왔네/산으로 돌아왔네/내가 살아 갈 산으로 내 돌아왔네(「서 있는 사람들」 부분)

그는 산으로 돌아왔다. 산은 자연이고 자연은 인간의 삶과 죽음의 근원이고 존재 자체이다. 그리고 원래의 자연으로 돌아옴이 계절의 봄이다. 자연을 떠나서 일상성 속에서 보이지 않았던 것이, 이제 자연 안에서 보이기 시작한다. 이것을 보게 하는 것이 시인의 역할이다. 그리고 시는 인간의 삶에 해방적인 계기를 주며 일상적 이해타산에 빠지기 전의 상태, 즉 순수한 존재의 근원으로 인도해간다. 그래서 예술은 인간 존재의 진실성으로 인도하는 길잡이가 된다.

고대 그리스 철학자 플라톤(Platon)은 철학은 경이驚異에서 시작한다고 했는데, 인간이 일상성의 소유의식과 탐욕과 목적의식에 사로잡혀 있다가 존재의 진실성 앞에서 깜짝 놀라게 되는 상태에서 경이가 있다. 그 경이로움을 향해서 열린 시인의 눈과 사물의 본질을 사유하려는 철학자의 눈은 동일한 근원을 갖고 있다. 그래서 시인은 타고난 철학자이다. 존재의 진실은 삶과 죽음에 대한 사유 그 자체이다. 그래서 여기서 우리는 시인의 눈길을 따라서 사유하려고 하는 것이다.

우리의 시인은 인간의 삶과 죽음에 대한 사유를 민들레 꽃씨처럼 바람을 타고 사라지는 것에 비유한다.

어찌 알랴/그 불리어 가는 데를//영혼도//어느 날/흰 구름한 점으로//바람에 불리어/그 사라져 가는 데를(「민들레꽃씨」부분)

죽음은 결별이면서 또한 불특정한 곳으로의 외출이다. 다시 돌아올 약속이 되어있지 않는 외출이다. 철학자 플라톤은 철학은 죽음의 연습이라 했다. 그 말은 삶속에 있는 죽음의 이해를 통해서 삶을 더 잘 이해하라는 것이다. 성 시인은 죽음을 다음과 같이 연습하라고 일러준다.

시인은 '언제쯤일까/흰 송이 꽃 빈 상여에/내 영혼이 실려 떠나가는 날'에 우리에게 주어진 사명을 첫 번째로 '마음을 비우고/하늘 길을 따라 걸어라 하네', 두 번째로 '사랑하는 사람을 앞세우고/억새꽃 능선 길을 걸어라 하네'라고 표현했다. 시인은 여기서 비움과 사랑이란 죽음을 사유하고, 존재의 진실에 다가가는 중요한 삶의 태도라고 말한다.

4. 유한성과 죽음 – 불가능성의 가능성

죽음이라는 사건이 인간을 인간되게 하는 사건이다. 죽음이 인간을 존재의 진실로 이끌어가는 힘이다. 하이데거는 자신의 주저 「존재와 시간」에서 죽음의 문제를 중점적으로 다루고 있다. 그는 인간 존재가 실존적 자기임(Selbstheit), 즉 존재에로 다가가는 통로가 바로 죽음이라고 한다. 죽음을 바라보면서, 인간이 스스로 가사적可死的인 존재라는 것, 죽음에 이르는 존재(Sein zum Tode)라는 것을 의식하는 순간, 인간은 실존적으로 '각자가 자기임'의 존재에 도달하게 된다. 인간은 태어나면서 곧 죽기 시작하는 존재이다. 죽음은 바로 삶의 다른 이름일 뿐이며, 삶은 죽음 한 가운데 있다. 말하자면 삶이 곧 죽음이라는 말이다.

우리가 분주한 일상생활 가운데서 자신을 돌아볼 겨를이 없다. 그래서 자기 자신에게로 돌아오지 못한다. 누구도 나의 죽음을 대신해서 죽어줄 수는 없다. 죽음은 그때마다 언제나 나의 죽음이다. 그래서 하이데거는 인간은 죽음에 내 던져져 있다고 말한다. 하이데거는 우리가 죽는다는 사실을 아는 것은 사유를 통해서 인식하는 것이 아니라 우리들의 근원적인 감정인 염려나 불안을 통해서 느껴져 오는 것이라고 한다. 우리가 모든 것이 아무것도 아니라는 허무에 직면하면 본래적인 내 존재의 의미를 묻게 된다. 사람들은 죽음을 회피하려 한다. 죽음과 연관된 어떤 상징도 멀리한다. 그래서 죽음을 회피할수록 우리는 삶을 외면하는 것이 되고 만다. 그러나 죽음의 연습은 곧 삶의 의미를 확인하고 삶을 새롭게 구성하려는 결단을 산출시킨다. 그래서 죽음이 각자 자신의 삶을 가능하게 만들어주는 것이라면 죽음을 다가오는 그대로 받아들이고 이해한다는 것은 더욱 자기 자신을 자신의 것으로 살릴 수 있는 가능성을 되찾는 것이라 할 수 있다.

성 시인은 인간 모두에게 닥치는 죽음의 문제를 아주 담담하게 시적 언어로 풀어내고 죽음 너머에 있는 존재의 진실에 다가가게 해준다. 이런 의미에서 하이데거는 초기 철학의 죽음의 이해를 후기 철학의 시 짓기와 동일한 근원에서 보는, 죽음과 시의 동근원성을 말하고 있음에 틀림없다.(참조, 김동규, 시와 죽음 -

하이데거의 실존론적 시학연구) 죽음에 대하여, 우리는 결코 체념
이나 회피가 아니라 차분하게 그 날을 마주하면서 다가가야 한
다고 말하고 있다. 그것이 인간 존재의 불변의 진실, 즉 존재의
진실이기 때문이다.

언제쯤일까
흰 송이 꽃 빈 상여에
내 영혼이 실려 떠나가는 날

그날을 기다리며
억새꽃은 하얗게 피고
가을바람은 하늘 길을 열어주려나
　　　　　　　　　　　　　 − 「가을 산에서」 부분

늘 가지기를 경계했으니
따로 더 버릴 일이 있으랴

시냇물 소리 베고 잠들고
휘파람새 소리에 깨어 하루하루를 보내다가

어느 날
이 한 몸 가볍게 떠나는 날

영혼에 메아리 없으면
법문마저도 공허하리라

내 그렇게 살다가 가리라
언젠가 다 버리고 갈 우리가 아닌가.

– 「버리고 떠나기」 전문

다가올 죽음을 지금 내 앞에서 상상해 보고 그것을 미리 앞당겨 봄은 바로 삶의 깊이에로 파고 들어가는 길이 된다. 죽음을 통해서 자기를 이해하고 존재의 의미를 깨닫는다. 죽음을 망각하고 사는 것은 진정한 삶을 망각하는 것이 된다. 성 시인은 더 나가서 추상적인 죽음의 순간만이 아니라, 죽음을 알리는 부고장이 전달되는 과정이나 주검이 어떻게 산화되는 것까지도 아주 자연스럽게 내놓고 있다. 모든 것에서 작별하는 순간을 다시 만나는 인연으로 풀어내고 있다.

생전에
옷깃조차 스치지 않은

이어질 끈이라고는
없이 살다가

오늘 분화구噴火口에서 만나

몸을 섞는구나

이승을 떠나며
비로소 인연이 닿아서 인가

　　　　　　　　　－「인연因緣」 전문

　죽음은 인간이 누릴 수 있는 가장 진술하고 솔직한 순간의 경
험이다. 죽음에 대한 이런 순수한 감정의 표현은 죽음을 두려워
할 때가 아니라, 죽음을 사랑할 때만 경험될 수 있는 것이다. 죽
음은 모든 것을 불가능으로 만들어 버린다. 인간이 할 수 있는
모든 것들이 한 순간에 무화되어 버린다. 그러나 이 불가능의
순간에 한 줄기 빛이 있다. 그것은 인간이 비로소 본래적인 자
기 존재에 도달할 수 있다는 가능성이다. 그래서 하이데거처럼
말한다면, 죽음은 불가능성의 가능성이다.

　아름다운 마무리란
　모두를 내려놓음이다
　그리고 다 비움이다

　아름다운 마무리란
　나마저도 버림이다
　다 버린 다음의 자유로움이다

182

아름다운 마무리란
내가 마음을 열어
지금이 바로 그때임을 앎이다

그 다음은
맑은 차 한 잔을 앞에 두고
조용히 명상에 잠겨 음미함이다

                           -「아름다운 마무리」 전문

　성 시인은 법정스님의 삶에 기대어 자신의 삶과 죽음에 대해
사유했다. 자신의 죽음을 이해하고 인식한다는 것은 생명을 잃
음이지만, 오히려 삶을 바라보게 하는 것이며, 인간의 유한성을
자신의 것으로 기꺼이 받아들이는 것이다. 하이데거는 죽음을
불안이라는 감정을 통해서 죽음을 대면하고, 거기서 존재의미
를 찾아야 하는 긴박성이 전면에 부각되고 있지만, 성 시인은
자연을 바라보는 것만으로도, 자연의 무한성, 생명의 근원인 자
연으로의 회귀라는 자연스런 방식에서 죽음 너머의 존재를 이
해하고 있다. 그리고 시시각각 나이 듦의 과정들을 죽음을 향한
걸음으로 묘사하고 있다. 시인은 이 걸음을 어찌 이렇게 담담하
게 표현할 수 있을까.

　내 몸 안에 가을이 오고/무릎 아래에 바람이 일면//저 섬
돌 밑 쓰르라미가/어느새 귓속으로 들어와 자리를 잡는다

//음계音階는/내 지나온 날들의 흔들림으로//이제는/득음
得音의 경//내 안에 또 누가 들어오려 하는가/그 가락이
이미 나와 인연을 다하였는데 －「귀 울림耳鳴」 전문

인간은 유한한 존재이다. 인간은 한시적으로만 살아가는 존
재이다. 하이데거는 인간이 시간 속에 있는 유한한 존재라는 것
을 신화적인 우화를 통해서 설명한다. 그리고 이 이야기를 자신
의 저서 『존재와 시간』의 이론적인 토대로 삼는다.

쿠라(Cura)가 강을 건너갈 때, 그녀는 점토를 발견했다.
생각에 잠겨 그녀는 한 덩어리를 떼어내어 빚기 시작했
다. 빚어낸 것을 바라보며 곰곰이 생각하고 있는데, 쥬피
터(Jupiter)가 다가왔다. 쿠라는 빚어낸 점토 덩어리에 혼을
불어넣어 달라고 쥬피터에게 간청했다. 쥬피터는 쾌히 승
낙했다. 쿠라가 자신이 빚은 형상에 자기 이름을 붙이려
고 하자, 쥬피터가 이를 금하며 자기의 이름을 주어야 한
다고 요구하고 나섰다. 이름을 가지고 쿠라와 쥬피터가
다투고 있을 때 텔루스(Tellus-땅, 대지)가 나서서, 그 형상
에는 자기의 몸 일부가 제공되었으니, 자신의 이름이 붙
여지기를 요구했다. 이들 다투던 이들은 사투르누스
(Saturnus-시간)를 심판관으로 모셨다. 사투르누스는 다음
과 같이 얼핏 보기에 정당한 결정을 내려주었다. '그대,
쥬피터, 그대는 혼을 주었으니 그가 죽을 때 혼을 받고,

그대, 텔루스는 육체를 선물했으니 육체를 받아가라. 하지만 쿠라는 이 존재를 처음으로 만들었으니, 이것이 살아 있는 동안, 쿠라는 그것을 그대의 것으로 삼을지니라. 그러나 이름 때문에 싸움이 생겼는 바로, 그것이 후무스(Humus-흙)로 만들어졌으니 호모(Homo)라고 부를지니라.'

*Cura-염려, Jupiter-그리스 신화의 제우스신, Tellus-대지의 신, Saturnus-시간의 신.

이 우화는 인간의 출현을 신화적인 방식으로 말해주고 있는데, 인간은 태어나서 죽을 때까지 '염려'가 '평생토록' 따라다니도록 운명 지워졌을 뿐만 아니라, 인간의 신체(대지)나 정신(영혼)보다 염려가 더 우위에 있다는 것을 말해준다. 인간은 염려와 고통과 슬픔의 길을 걸어가는 나그네이다. 하이데거의 우화에서처럼 태어나서 죽기까지 그런 시름과 걱정과 함께 살아야하는 것이 인간의 삶이다. 성 시인은 이런 염려 속에 있는 인간의 삶을 아주 잘 표현해내고 있다.

내 마음 안 우물에//어제는 종일을/수심愁心이 잠겨 있더니//오늘은 작은 새가/번뇌의 씨앗을 떨어트리고 가네//이 마음 둘 데를 몰라/우물을 묻어버릴까도 하다가//내일은 저자에 나가 알아보려네/행여 맡길데를 -「내 마음 안에·1」 전문

그러나 이런 수심을 우물에 묻을 수도 없고 저자에 맡길 수도 없다. 수심이 없는 인생은 그냥 빈집이다. 그냥 죽는 것을 의미한다.

내 안 저 깊은데 문을 열면
새 한 마리 포르르 날아가 버릴 것 같다

파랑새라는 이름의
내 안에서 고독과 슬픔과 그리움을
받아먹고 살아온 새다

한번 세상 밖으로 나오면
다시는 내 안으로 돌아오지 않을 것이다

그날 이후 나는
빈집으로 살아야 하리라

내 눈물과 그 수많은 날들의 이야기를
모이로 살아온 파랑새가 없는 빈집으로

– 「나는 빈집으로」 전문

하이데거가 들려준 우화에서 더욱 중요한 것은, 인간 존재에 대한 결정권을 쥐고 있는 것은 사투르누스, 즉 시간의 신이다.

인간은 시간적인 한계 안에서 시간적인 변화를 철저히 지배받
도록 되어있다는 것을 알려준다. 인간은 누구도 이 시간성의 한
계를 벗어날 수가 없다. 성 시인은 이런 인간의 존재특성인 '시
간성'을 '세월'이라는 말로 해석하고 있다.

> 부전역 주변 노점에는/과일이 지천이다//…팔리고 있는
> 건/과일만이 아니다//세월도 따라 팔린다/덤으로 얹어주
> 는 인심도 – 「부전역 주변」 부분

> 밀양 와서/접는 부채를 하나 샀다//바쁠 것도 없는/그날
> 이 그날인 여기 사람들//외양간도 소도/느리게 새김질 하
> 는데//미리벌에 낮달이 떠서/하 세월을 이러면서 보낼 것
> 인가 하네 – 「밀양 와서」 부분

> 뱀이 벗어두고 간 허물//영혼도 나가고 나면//세월도 지
> 나간 뒤가 – 「빈 집」 전문

> 봄비가 온다는 예보가 있는 아침에/꽃 물감 빗방울 무늬
> 넥타이를 골라 매고//점심 모임에서/세월을 두고 한참을
> 이야기 하고//돌아오는 지하철 안에서/문자 메시지를 받
> 는다//잘 지내시는 지요/벚꽃 진달래가 흐드러지게 피었
> 어요/산행 할 때가 그리워지는 건…//어느 여인이/세월을
> 지우는 글을 보내오는구먼 – 「세월을」 전문

인간은 시간적인 존재이다. 시간 안에서, 시간을 통해서 인간의 실제적인 모습, 그의 유한성의 존재방식이 규정된다. 어쩔 수 없다. 그렇게 살아야 하는데 말이다. 그런데 그날 친구들과 세월의 유한성을 논하고 돌아오는 길에서, 자연으로 돌아가 보는 산행을 그리워하는 여인의 문자를 받는다.

그리고 그 여인의 문자는 시인의 세월을 지웠다는 것이다. 세월은 한계가 있는 시간이다. 그러나 그 세월은 자연의 무한성에 의해서 말소될 수는 있지만, 인간은 결코 시간성을 넘어설 수가 없다. 그런데 여기서 어느 여인이 시간을 지울 수 있다고 한다. 시간성에 저항한다. 시간을 느리게 느리게 끌어간다고 해서 세월이 지워질까? 시인은 세월의 흘러감을 자연의 무한성으로 포섭되는 상태에서 완결 지운다. 세월을 보내는 소리(그 아쉬움)를 만약 물소리 바람소리처럼 들을 수 있다면, 그것이 바로 존재의 근원으로 돌아가는 구경究竟 체험으로 이해해도 좋지 않을까.

물소리 바람소리가

세월을 보내는 소리로

세상 살아가는 소리로

들릴 수 있다면

비록 산중이 아니라도

그렇게 들릴 수만 있다면

부처가 따로 있으리

내가 바로 부처이리라

- 「물소리 바람소리」 전문

　　세월을 보내는 소리와 세상 살아가는 소리가 물소리 바람소리로 들리게 하려면 반드시 산 중中이 아니라도 좋다. 세월을 자연의 다른 무슨 소리로 환치시킬 수 있다면 어느 곳이든, 어떤 상황에서도 좋다. 그러나 세월을 말소시킬 수는 없다. 우리가 살아온 시간은 세월이고, 거기에는 이야기가 있고 염려가 있고 시름이 남아있겠지만, 그 시간, 그 세월을 모두 말소시킬 수는 없다. 우리는 시간적인 존재이기 때문이다. '시간'을 '시간'으로, '세월'을 '세월'로 지울 수는 있지만, 시간과 세월을 무화시킬 수는 없다. 인간은 시간 속에서만 존재할 수 있는 존재로 살아야 할 운명이기 때문이다. 그래서 유한한 존재가 영원의 시간, 무한의 시간 안으로 포괄되어지기를 원하고 있다. 영원의 시간 또는 영겁永劫의 시간 동안 자연은 다시금 반복되고 무한히 회귀한다. 그 영원한 자연은 구호 '자연보호'라는 의미의 자연이 아니고 훼손될 수 없는 더 근원적인 본질, 즉 근원적 자연이다. 그리고 그가 의미했던 자연은 여인처럼 신비롭고, 어머니처럼 가까이 와 있는 자연을 의미한다.

5. 여인 – 신비롭고 비밀스런 존재의 진실

세월을 지울 수 있는 힘을 가진 주체가 있었다. 그것은 여인
이다. 성 시인의 시에는 여성을 지시하는 말이 자주 등장한다.
소녀, 여인, 여자, 그녀, 아낙네, 누이, 어머니 등이다. 시인이 의
식했거나, 의식하지 못했거나 간에 그가 사용했던 말 중에서
'여인' 이란 말은 결코 생물학적으로 욕망의 대상이 되지 않는
여성을 의미했다. 그에게서 여인은 쉽게 붙들 수 없는 실재의
세계로, 또는 그 의미를 오직 상징에서만 다가갈 수 있는 대상
으로 설정하고 있다. 그것이 바로 신비롭고 비밀스런 여인의 존
재이다. 그는 여인을 끝이 없는 샘으로, 아름다우면서도 오묘한
사슴으로, 쉽게 다가갈 수 없는 대상인 존재로 표현하고 있다.

지난 밤 내린 비에
진달래꽃잎이 활짝 피었네

여인은 사슴이다
꽃잎 따 먹는

저 만치 가고 있는
꽃 무덤으로의 길

너무 멀다

다가가기에는 여인아

꽃잎은
하르르하르르 바람에 지고

– 「진달래 길」 전문

꽃잎을 따 먹는 사슴이 여인이다. 그 꽃잎들은 꽃 무덤으로 가는 길을 따라가야 한다. 그 길의 끝은 여인만큼 알 수 없는 미지의 길이다. 비록 아름다운 꽃으로 치장되어 있지만, 그 길의 끝은 무한히 신비로울 뿐이다. 더욱 더 그 길을 가고 있는 여인에게 다가갈 수가 없다. 시인이 우리에게 전해주려는 여인의 절대적인 권위는 다음의 시에서 나타난다.

지난 밤
꿈을 밟고 찾아온 여인아

교교한 달빛 한 자락을 말아서
하얀 스카프로 목에 두르고

내 눈에 오래 머물지 아니하고
되돌아서서 가는 여인아

오고 감이

한 걸음이라지만

마음 주고 아니함은
오로지 당신의 뜻

밟고 가는 그 걸음걸음마다에
내 마음을, 나는 어찌하라고

-「달빛」 전문

　　여인은 내 의지와 상관없이 운명처럼 다가오기도 하고, 결별하기도 하는 존재로 서 있다. 인간 존재는 여인이라는 바닥없는 미로로, 미궁으로 빠져 들어갈 수밖에 없게 된다. 그러므로 여인은 인간이 관리할 수 없고, 소유할 수 없고, 거기에 다가갈 수 없고, 만져질 수 없지만, 우리 곁에서 언제나 영향을 주고 있는 존재이다. 인간은 현상적인 것 이상의 것을 보지 못하기 때문에 만약, 이런 여인이 없다면 인간의 삶이 무의미해질 것이다. 여인이 없이는 상상이 없고, 꿈이 없고, 설렘도 없다. 우리가 쉽게 다가 갈 수 없는 그 여인은 절대의 타자이다.

　　성 시인은 우리에게 사물을 보는 법을 가르쳐 주었다. 우리 자신들이 가진 내적 욕망 때문에 우리는 결코 사물을 있는 그대로 보지 못한다는 것이다. 우리 안에 품고 있는 사용용도에 따라서 사물들을 이용가치로 또는 사용가치로 보기 때문에, 모든 대상은 소유와 욕구충족의 대상으로만 다가오는 것이다. 시인은 여인이라고 지칭된 인격적 대상을 우리가 관리할 수 있는 것이나, 우리가 완전히 파악해 낼 수 있는 어떤 대상으로만 볼 수 없다고 말한다. 이런 생각을 했던 철학자가 있었다. 프랑스 철학자 레비나스(Levinas, 1906~1995)는 소위 '타자의 철학', '타자에 대한 무한책임의 윤리'를 내놓았다.

시인이 말하는 여인은 레비나스에게서는 타자가 된다. 타자는 우리가 관리할 수 없는, 내 권한 밖에 있는 존재를 말한다. 타자는 '완전하게 보여 지고 알려지고 소유될 수 없는 존재'이다. 타자는 본질적으로 낯선 존재이다. 무한한, 모든 것은 타자이다. 그래서 신은 타자이다. 그리고 여인도 타자이다. 무한한 것이 타자이기 때문에 타자는 초월이고, 타자는 주체의 권력 바깥에 있고, 주체 위에 있기 때문에 외재이다.

마음의 산은
멀어야

산은
산은

여인아
좀 더 멀리서

그대로

오래 그대로로

－「먼 산으로」 전문

 레비나스에 의하면, 타자에 대한 지식을 추구하기보다, 우리가 타자를 알지 못한다는 것을, 알 수 없다는 것을, 알아서는 안된다는 것을 받아들여야 한다고 말한다. 타자를 타자로 유지하기 위해, 타자는 우리의 지식이나 경험의 대상이 되지 않아야한다. 왜냐하면 지식은 언제나 나의 지식이고 경험은 언제나 나의 경험이기 때문이다. 대상은 오직 그것이 나를 위해서 존재하는 한에서만 만날 수 있는데, 그것이 내 경험에 제한된다면, 그타자성은 감소될 수밖에 없다. 그러므로 여성은 내게서 비대칭적으로 서 있다고 레비나스는 말한다. 감히 우리는 타자로서의여성과 동등하다는 말을 할 수 없다. 내가 그에게 속해 있다거나, 나는 그에게 복종한다는 말이 옳다는 것이다. 그러므로 여인은 절대적으로 다른 것, 즉 타자이다.

 댕강한 치마

 하이힐

 모래톱에 작은 물새 발자국

 이 가을을 떠나며

여인이 남기고 간

－「가을 여인」 전문

　가장 여성적인 특징을 댕강한 치마와 하이힐로 표현했지만, 여인은 더 이상 자신의 흔적을 남기지 않는다. 겨우 모래톱에 물새 발자국만큼의 흔적, 그것도 모래톱이니 곧 지워질 흔적일 뿐이다. 시인은 여인의 타자성을 살리고자 했다. 타자성이 감소되는 것은 불행이다. 타자는 나에게로 흡수 통일될 수 있는 욕구(need)의 대상이 아니라, 나는 다만 타자를 갈망(desire)할 수 있을 뿐이다. 갈망의 강렬한 형태를 진정한 에로스적 사랑에서 찾을 수 있다. 에로스적인 사랑에서 자아나 타자는 서로가 서로에게 함몰되지 않고 서로가 독립적으로 분명하게 서 있다. 왜냐하면 타자를 소유한다는 것은 욕구의 대상으로 삼았을 뿐이지, 결코 갈망되지 않았기 때문이다. 말하자면 사랑 받는 이는 결코 소유되는 것이 아니라 애무를 받을 뿐이다.

　시인은 마지막 연작시 「풀잎 배 노래」와 연작시 「섬 찻집의 이야기」에서 여인은 결코 소유되는 대상이 아님을 잘 그려주고 있다. 이 두 연작시는 다 같이 이루어질 수 없는 남녀 간의 사랑을 그려내고 있다. 그러나 시의 밑그림에는 절대 타자로서의 여인의 모습이 담겨있다. 그 만남은 결코 이루어질 수 없는 것으로 매듭지어진다.

　들찔레꽃을 보고 있으면/하얀 옷 입은 내 사랑하는 소녀가/

살포시 웃으며 걸어온다네 - 「들찔레꽃」 부분

어느 날 내 사랑하는 소녀는/먼 곳으로 이사를 떠났다네
//헤어짐은 슬퍼라/기약이 없는 헤어짐은 더욱 슬퍼라 -
「헤어짐은 슬퍼라」 부분

소녀가 가고 날마다/우체부가 가져다 줄 편지를 기다렸
네 - 「기다리는 마음」 부분

나는 들었네/바람결에 흩날리는 낙엽으로부터//사랑하는
내 소녀가 돌아오지 못하는 먼 길을 떠났다는 소식을 -
「만주晚秋의 오솔길」 부분

내 소녀는 갔습니다/내 소녀는 돌아올 수 없는 먼 곳으로
갔습니다//기진하여 쓰러지면서도 내 소녀의 이름을 부
릅니다/나는 피울음을 토하는 한 마리 사슴입니다 - 「애
통哀慟」 부분

연작시 「섬 찻집의 이야기」는 더욱 더 드라마틱하게 진행된
다. 내가 다가갈 수 없는 존재자의 존재, 내게 의미를 부여했고
살아갈 이유를 주었던 존재가 그 여인이었지만, 내가 소유하거
나 내 마음대로 관리할 수 없는 타자였다. 그녀에게 청혼했으
나, 부모의 반대로 성사되지 못했고 그녀는 떠났다. 나는 좌절

과 절망에 빠졌다. 그 실망의 늪에서 재기하고자 군에 입대한다. 타자로서의 여인과 전혀 상관이 없는 집단인 군대, 그것도 해병이다. 군복무를 마치고 귀향했으나 어머니마저 돌아가셨다. 고향으로 돌아온 지 여러 해가 지나서 가정을 가졌다. 그러다 어느 날 찻집에서 우연히도 옛날의 그녀와 재회했다. 그녀는 남편의 심한 폭행을 견디지 못하여 집을 뛰쳐나왔다고 했다.

나는 매일 매일을 그녀가 일하는 찻집을 찾았네/그녀가 보고 싶어서 일이 손에 잡히지 않았다네 ─ 「밀회」 부분

우리는 결심하였네/그녀의 남편이 찾아오지 못하는/멀리 멀리 이 도시를 떠나기로 //나에게 아내와 귀여운 아가를 두고 가야하는 연민도/우리들의 탈출을 가로막지 못하였다네 ─ 「탈출·1」 부분

그녀를 기다림으로 안타깝게 하던 어느 날/내가 돌아온 오두막집 방 안에는/하얀 편지 한 통이 나를 기다리고 있었네 //〈당신을 사랑합니다〉〈당신을 영원히 사랑하겠습니다〉 ─ 「어부생활의 애환」 부분

그녀는 뒤돌아보지 말라 하였네/말없이 그냥 떠나라 하였네//갈매기 날고 뱃고동 우는 포구에/잔잔한 파도 바다는 한없이 평온하였네//나는 육지로 떠나가는 여객선에 몸을

싣고/그녀는 선창가 찻집에서 하염없이 나를 보내었다네 –
「돌아가는 여객선」 전문

　여인과의 동거와 결별은 우리의 의지에 의해서라기보다는
신비스러운 힘, 즉 여인의 권한에 있거나, 삶과 죽음을 결정하는
불가항력적인 자연의 힘에 있다는 것을 시인이 알려주고 싶었
던 것 같다. 이 여인이 상징하는 모든 의미를 한꺼번에 안고 있
는 여인이 바로 어머니이다. 어머니는 여인이다. 그러나 비밀스
런 여인의 신비처럼, 어머니의 그 무한한 깊이를 우리는 알 수
없다. 어머니는 모든 것을 쏟아내 주시지만, 언제나 자신을 모
두 드러내 주지 않는다.
　어머니는 타자이다. 그러나 그는 여인과 달리 우리와 가장 가
까이 서 있었다. 여인이 초월적이고 외재적으로만 다가왔다면,
가시적인 대상의 여인으로서 어머니가 우리 가까이에 등장한
다. 그래서 시인은 어머니에 대해서 7편의 시를 지었다.

　　여인에게는
　　샘이 있다

　　누구도 엿볼 수 없는
　　영혼이 고이는 은밀한 곳이다

　　내가 언제인가 돌아가야 하는

어머니에게로의 길이다

— 「여인에게는」 전문

6. 신비한 여인의 현 실태로서 어머니

비밀스럽고 신비스러웠던 여인의 모습이 우리에겐 사랑과 헌신이란 덕목을 갖춘 어머니의 모습으로 다가온다. 시인이 회상하는 어머니는 고통과 아픔을 남몰래 쓰러내면서도 전혀 내색하지 아니하시고 사셨던 분이다. 오직 자식들에게 어떤 수고도 아끼지 않았던 여인이었다. 그것이 그의 시에 나타난다.

꽃봉오리 피지 못하고 이승을 떠난 누이
어머니 가슴으로 뻐꾹새가 되어 돌아와
아침 한 나절을 슬프게 울고 가네

하얀 들찔레꽃 핀 길목에 나와 앉으면
가슴은 까맣게 탄 산뽕나무 오디열매
저 앞산 청솔은 왜 저리 푸르기만 하나
— 「뻐꾹새가 되어」 전문

딸을 잃은 어머니의 가슴은 산뽕나무 오디열매처럼 까맣게

타버렸는데도, 어머니는 앞산의 청솔나무의 푸른 잎만 바라보고 눈물을 삼키었다. 성 시인의 시에서 특징적인 것은 마지막 연에서 완결되는 전환이다.

어머니는 자신의 아픔을 푸르고 푸른 '저 앞산 청솔'을 보고 참아낸다고 읊었는데, 어머니 자신은 무엇에서 구체적인 희망을 걸고 슬픔을 극복했는지 모른다. 다만 시인은 우리에게 연연 戀戀하는 자연의 모습인 '청솔'만을 상기시킨다.

이와 유사한 전환이 억척스런 통영의 어머니가 바다에서 굴을 따며 고생하는 모습을 그려주고 나서 마지막 연에서 다시 '휴우 바다는/어째 저리 푸르기만 하나'라고 완결시킨다.

> 통영에서 온 생굴에는/시퍼런 바다의 삶이 묻었네//굴 껍질 손/그 품삯으로//방금 우체국에서 송금하고 온/서울로 가는 대학등록금//휘어진 허리를 펴려면/날아오르는 갈매기//휴우 바다는/어째 저리 푸르기만 하나 -「통영 바닷가」전문

말년에 시인 박목월은 제6시집 『어머니』를 간행해 내었다. 거기서 그는 '세상은 우리가 생각하는 만큼 살벌한 것도 메마른 것도 아닙니다. 충만한 것은 어머니의 사랑이며, 아무리 허술하고 어쭙잖은 것일지라도 어머니의 훈훈한 사랑의 터전에 뿌리박고 있습니다. 다만 어머니의 사랑을 깨닫지 못한 자는 차고 넘치는 훈훈한 사랑을 느끼지 못하고 항상 살벌한 세상에서 살

게 될 것입니다.' 라고 적어 놓았다. 그 시집에 박목월은 어머니와 신앙에 대하여 「어머니의 기도」라는 제목으로 8편, 「어머니의 언더라인」, 「어머니의 성경」 등 10여 편의 시를 썼다.

회초리를 들긴 하셨지만/차마 종아리를 때리시진 못하고
/노려보시는/당신 눈에 글썽거리는 눈물//와락 울며 어머
니께 용서를 빌면/꼭 껴안으시던/가슴이 으스러지도록/
너무나 힘찬 당신의 포옹//바른 길/곧게 걸어가리라/울며
뉘우치며 다짐했지만/또다시 당신을 울리게 하는//어머
니 눈에/채찍보다 두려운 눈물/두 줄기 볼에 아롱지는/흔
들리는 불빛 - 박목월 「어머니의 눈물」 전문

성 시인은 이번 시집에서 여러 편의 어머니에 대한 시를 썼지만, 그 표현은 더욱 애절하다. 그 시들은 모두 구체적이고 절절이 애틋한 상황체험을 그려주고 있어서, 어머니에 대한 체험을 가진 사람이면 누구든 공감할 깊은 울림을 안겨다준다.

미열은
아직 내가 살아있다는 의미다

내 어릴 때
홍역을 앓으며 온몸이 펄펄 끓을 때
어머니가 머리맡을 지키며

지극정성으로 그 열을 식혀 주셨다

이제까지
어머니 없는 세월을 살아오면서
내 몸에 아직 미열이 남아있다는 징후는
어머니에게의 감사다

어머니
고맙습니다

－「미열微熱」 전문

몸에 열이 오르면 대책이 없다. 막막하다. 온몸은 찌뿌듯하
고, 어시시하고, 정신적 안정이 없다. 누구도 내게 도움을 주지
못한다. 특히 어릴 때는 칭얼거리기만 한다. 누군가를 기다린
다. 누구보다도 어머니다! 이상하게도 어머니에게는 모든 것이
가능하다. 어릴 때 어머니는 모든 일에 능하시며, 어디든 계셨
다. 신은 어디서나 존재하고 있다는 신의 편재遍在처럼, 어머니
는 유비쿼터스(Ubiquitous)의 존재이다. 비밀스럽고 신비스러운
여인과 달리 어머니는 가깝게 또 내 가까이 계셨다. 그런데 그
어머니가 멀리 외출하신다. 다시 오마고 약속도 하지 않으시고
멀리 가셨다. 그래서 시인은 목 놓아 어머니 어머니를 부른다.

배가 고팠던 그 시절/어머니가 숟가락으로 긁어주시던//

흙내 나는 부뚜막에 나란히 쪼그리고 앉아/제비새끼처럼
받아먹었던/무쇠 솥 누룽지 맛을 문득 생각한다//잿불속
의 불씨보다/더 따뜻하였을 어머니의 그때 그 마음을//이
아침 문득 떠올려본다/내 생전에 다시 어디에서 어머니
어머니 -「부뚜막 추억」 부분

(진주의) 남강 변/대숲 오솔길은 고향집 찾아가는 길/뒤안
길 고샅길이다//대숲에 서걱거리는 바람소리는/반기는
어머니의 종종걸음/풀 먹인 베옷치마폭에서 나는 그 소리
//어느 날/다사로운 금잔디 밭으로 물옷 벗어들고/오실
논개를 기려서 인가 기다려서 인가//열여덟에 시집와서/
오로지 한 지아비 보고 가난하게 살다 가신/내 어머니 왜
논개에 못 이를까 어머니 어머니 -「대숲길」 부분

시인은 자그마한 몸놀림에도, 작은 소리에도 소스라치게 놀란
다. 행여 어머니가 오시는가 하고서, …… 무쇠 솥바닥의 누룽지
를 긁었던 숟가락이나 부뚜막이나 잿불을 피웠던 아궁이를 보고
서도 어머니의 따뜻한 마음이 떠오를 것이고, 대숲에서 서걱거
리는 바람소리에서 어머니의 풀 먹인 베옷치마 스치는 소리가
나는 환청을 듣게 되는 것이다. 어머니와 관련된 모든 것들이 더
욱 더 애절하다. 가슴이 저려온다. 그래서 어머니는 늘 신비스러
운 여인이었다.
　시인들은 모두 그들의 시적인 마음속에 자기 어머니를 갖고

있다. 경험방식과 표현방식이 각자 다르지만, 어머니를 향한 저린 가슴은 매 한가지다. 조병화 시인도 『어머니』란 시집을 냈다. 1973년에 냈던 책을 다시 엮어서 1990년에 한 번 더 『어머니』를 냈다. 그 만큼 어머니가 소중했고 시적 발상의 중심에 있었다.

어머님, 너무 멉니다/당신이 가신 길 따라 산을 넘음에/
당신이 부르시는 곳/아득히, 너무 멉니다/봉우릴 넘으면
또 봉우리/길 무한/고독한 영원/철없이 애타던 거/사랑한
거/미워했던 거/ 슬퍼했던 거/…남은 건 저린 가슴뿐입니
다/혼잡니다/혼자 죽는 아픔을 가르쳐 주십시오/봉우리/
봉우리, 넘어/버리고 가는 길/이건/어머님, 너무 멉니다
– 조병화, 「어머님, 너무 멉니다」 부분

조병화 시인은 어머니에 대한 회상과 회한을 바닥에 깔았고, 눈앞에는 헤치고 갈 남은 세월을 봉우리와 산, 무한의 길, 영원한 고독으로 마주하면서 머리 위에는 다가올 자신의 죽음을 아픔으로 이고 길을 걷는다. 성 시인도 이렇게 멀리 찾아가야 할 어머니를 그려보고 있다. 그는 좀 다른 모습으로 어머니를 찾아간다. 우리가 잘 아는 운율을 타고 그 그리움을 그려 낸다. 그래서 우리가 그의 시에 더 깊이 공감하게 된다.

하얗게 억새꽃이 지고

빈 꽃대가 바람을 타면

까마귀가 울었다
길이 멀다고

타는 노을을 밟고
산을 넘어서

저 아득한 하늘을 가는
흰 버선 발

가도 가도 가없는 길
서역 하늘 길을

- 「섣달」 전문

　　성 시인은 이 따옴 시에서 어머니란 직설적인 말 대신 흰 버
선발을 표현해내었다. 어머니란 말보다 더 어머니를 진하게 다
가오게 하는 말이기 때문이다. 그리고 아득한 하늘, 가도 가도
끝이 없는 하늘 길을 따라서 가신 어머니를 찾아가는 시인의 마
음을 동요의 분위기가 주는 운율로 아우르게 했다.

　　울 밑에 귀뚜라미 우는 달밤에, 기럭기럭 기러기 날아갑
니다. …… 엄마 엄마 부르며 날아갑니다. - 윤복진 작사,

박태준 작곡의 〈기러기〉

이 시는 우리가 즐겨 불렀던 동요의 노랫말이 가진 아우라 (Aura)를 풍긴다. 그래서 어머니를 사모하는 마음으로, 더 깊은 감동을 자아냈다.

그러나 성 시인의 어머니는 멀리 있는 어머니만이 아니다. 이미 멀리 떠나셨지만, 신비로운 여인처럼 멀리 있으면서도 동시에 바로 내 곁에 있는 어머니를 찾아내고 있다.

땅이 풀리면
흙 밭에 나가 씨를 뿌려야겠다

산이 가까운 기슭자락
햇볕이 잘 드는데
너 다섯 평의 텃밭을 일궈서

맨손으로 흙을 부드럽게 장만하여
더덕이랑 산마의 씨앗을 넣고
넌출이 올라갈 얼개도 만들어야지

발바닥으로 오는 지심은
어머니의 숨결

내가 심어놓은 씨앗들이

파랗게 싹이 트는 날

나는 비로소 어머니이리라

- 「땅이 풀리면」 전문

나는 시인 성종화의 시에서 가장 절정에 달하고 있는 시가 바로 이 따옴 시라고 생각했다. 그는 이미 자연은 무한이며, 이 무한에서 시작하여 이 무한으로 돌아가는 것에서 자신의 시적 세계관을 세웠다. 그러나 그런 무한한 자연이 무한한 그것으로 진행되는 동안은 영원히 반복되고 새로울 것이 없다. 이러한 영원히 반복되는 무한을 어떤 철학자는 '악무한惡無限'이라고 한다. 거기에는 어떤 것으로도 고리를 걸 수 있는 것이 없다. 나는 영원한 흐름 가운데서 그냥 한 방울의 물이고 그냥 스쳐가는 한 점의 바람일 뿐인가라고 스스로 묻게 된다. 그러나 자연의 무한 가운데서 내가 관계해 있고, 내가 무한에 연결된 고리가 있을 때, 그때의 무한은 '진무한眞無限'이다. 어머니는 영원한 자연으로 회귀했다고 생각하고, 이제 더 이상의 연결고리가 없는 무한성 속으로 귀속되었다면 그때 어머니는 악무한의 늪으로 빠져들어간다.

위의 따옴 시에서 시인은 전혀 달리 말하고 있다. '발바닥으로 오는 지심은/어머니의 숨결/내가 심어놓은 씨앗들이/파랗게 싹이 트는 날/나는 비로소 어머니이리라' 어머니가 지심으로 씨앗으로, 파랗게 트는 싹 잎으로 다시 회귀하는 것을 알게 된다.

만약 이 시의 구절이 악무한으로 영원히 반복되는 되는 것으로가 아니라, 지금 여기 어머니로 다가온 유한성과 연결되는 것으로 이해된다면, 무위자연의 무한성, 인간 존재의 유한성과 죽음, 절대 타자와 여인의 무한의 타자성을 최종적으로 어머니의 현재성에서 완결시키고 있는 성 시인의 시적 세계관을 충분히 이해할 수 있을 것이다.

헤겔이 제시한 개념, 악무한과 진무한의 개념을 가지고, 다시 한 번 더 성 시인의 시를 생각해 본다. 만약 무한성이 미래를 향해서, 끝없이 지속되는 것으로만 생각하면, 여기 지금(hic et nunc)의 현재는 미래를 위한 단순한 예비단계로서 충족되지 않은 유한성으로만 남아 있을 수밖에 없다. 결국 그 무한성은 악무한으로 치닫고 만다. 그렇게 되면 지금 현재의 나는 아무것도 아니다. 왜냐하면 미래에 완성될 내가 진정한 나이기 때문이다. 그러나 영원한 무한성이 지금의 유한한 현재와 연결되고 매개된다면, 유한한 지금의 현재는 미래의 무한성의 수단적인 가치로 전락하지 않는 그 나름의 독자적인 가치를 갖게 된다. 이처럼 성 시인의 시는 자연의 무한한 반복과 회귀뿐만 아니라 모든 유한한 것들이 거기에 귀속되어야 한다는 것을 말하면서도, 동시에 무한성의 흐름 속에서 갖는 지금의 유한성의 가치를 철저히 보존하려고 했다. 영원한 반복이지만, 반복되는 그 순간마다 새로운 시작이 이루어진다. 자연의 봄처럼 그 영원성이 또 하나의 새로움으로 우리 앞에 등장한다. 마치 무한하고 영원한 자연의 지심과 어머니의 숨결에다 내가 심어놓은 씨앗에서 싹이 트는 순간이 오듯이 말이다.

7. 시인 성종화에 대하여

『고라니 맑은 눈은』이란 제목으로 첫 번째 시집을 내 놓은 성
종화 시인은 그 책의 자서에서 다음과 같은 그의 심경을 밝히고
있다. '내가 다시 돌아와 부딪치게 된 시의 세상은 너무나 변하
여 있었다. …… 시가 널려 있는 난전 구경을 하면서 느낀 바는
주지적이고 상징시로서 관념의 포장이 단단히 되어 있는 작품
들뿐이라는 점이었다. 하나같이 난해하였다.'

중·고등학교 시절에 그는 탁월한 시적 재능을 보였는데, 어
떤 사유로 인해 시 짓기를 중단할 수밖에 없었다. 그런 그가 50
여 년이 지나서 다시 시의 세상으로 돌아온 것이다. 그것이 가
능했던 것은 그에겐 천부적 소질이 있었기 때문이었다. 이때 그
의 결심은 시간을 거슬러서 절필할 당시의 순수서정시를 썼던
시심으로 돌아가자는 것이었다.

우리가 성종화 시인을 잘 이해하기 위해서는, 그가 시인으로
등장했을 무렵으로 거슬러 올라가 볼 필요가 있다. 그 당시 성
시인이 성장했던 곳인 경남의 문학적인 흐름은 어떠했을까? 강
희근 교수는 『경남문학의 흐름』(2001, 도서출판 보고사)에서 1950
년에서 1960년 사이의 경남문학의 흐름을 역사적으로 자세하게
개관해 주고 있다.

강 교수는 이 시기의 시 짓기의 경향에 대해서 두 개의 장절로 나누어, '전통 서정과 존재론적인 시'와 '모더니즘 계열의 시'로 나누어서 서술하고 있다. 이 무렵에 등장했던 경남지역의 시인들은 이원섭, 이석, 김태홍, 김춘수, 김남조, 이형기, 박재삼, 문덕수 등이었다. 행여 이들 중에서 누가 성 시인에게 영향을 주었을까하는 생각에서, 전통서정시와 김춘수 시인의 존재론적인 시에 특별히 주목할 필요가 있었다.

강희근 교수는 전통 서정시를 주로 썼던 이원섭 시인의 특징을 한국전쟁 이후의 삶의 허망함을 동양 사상으로 승화시켜보려는 것이었다고 한다. 거기서 이원섭 시인의 시는 무위자연을 도덕표준으로 삼거나, 허무를 우주의 근원으로 삼은 노장사상과 신선사상이 가미된 도교에 경도되어 있었다고 한다. 비록 성 시인이 자연 서정시를 많이 쓰긴 했지만 이 영향을 받은 것 같지는 않다. 성 시인의 시에는 자연에 대한 구상적 형성력이 더욱 돋보이기 때문이다.

그 다음에는 김춘수 시인이 있다. 강 교수는 김춘수 시인이 '초기의 서정 편향에서 뛰쳐나와 사물에 대한 존재론적 탐구라는 자리에 섰다'고 평하고, 그가 '존재에 대한 갈망과 존재에 대한 인식으로 새로운 시법을 찾아내고자 했다'고 말한다. 김춘수 시인의 시를 대부분의 평론가들은 존재론적이라고 평하고 있다. 성 시인의 시도 존재론적인 특징을 갖고 있지만, 성 시인은 김춘수 시인과는 어떤 직접적인 연관이 없다.

그럼 그는 어떤 시인에게서 시 짓기의 모범을 받아내었을까?

몇몇 평론가들은 성 시인이 청록파 시인 박목월의 초기 서정시와 연관이 있는 것으로 보기도 한다. 물론 그렇게도 볼 수 있다. 그러나 그의 고교시절의 시편들에 좀 더 가까이 다가가 보면, 그의 시에는 누구를 굳이 꼭 닮았다고 말할 수 없는 독특한 개성이 나타나 있었음을 알아차리게 된다.

성종화 시인은 고등학교 1학년이었던 1954년에 진주의 〈영남예술제〉(지금의 개천예술제)에서 차하(3석), 그 다음해 1955년에는 장원으로 당당하게 시인으로 이름을 올렸다. 강희근 교수는 그 당시 〈학원〉 등에 시 작품을 실은 학생문인으로서는 유경환, 김종원, 황동규, 마종기, 이제하, 허유, 김병총, 정재필, 김병익 등이었는데, 성 시인은 그들과 어깨를 겨룰 정도로 탁월한 시인이었다고 말한다. 그 당시 학생문단에서 같이 활동했던 김종원 시인은 성 시인이야말로 '학원문단'의 선두 그룹에 속하는 유망주였다고 회고한다.

바다가 파아란 하늘을 이고 살 듯/나는 탱자 꽃 피는 오월을 지니고 싶다//가만 가만 가지마다 싹이 돋고, 오월의 풋풋한 냄새가 어리면//가는 혈맥血脈으로 푸른 오월이 통하고/그저 그리운 마음이 구름처럼 부푼다//그만 흙이라도 되고프고/파릇한 싹이라도 한 포기 내고 싶다 – 성종화, 〈오월〉 부분(1954년 월간 〈학생계〉 5월호 입선)

샘에는. 티 없는 하늘이 물속에 빠졌다//흰 구름이/노를

저어간다//바가지를 든 소녀가/하늘이 흐려질까 봐/물을
긷지 못한다 – 성종화, 〈샘물〉 전문(1954년 월간 〈소년세계〉
9월호 입선)

무척 높은 하늘 아래에/국화가 피었다//마알간 가을바람
에/국화가 가만히 흔들리운다//국화 아래에/가을을 베고
누우면/가슴이 높다//국화가 피어난 밭으로/서러운 가을
강물이 흐르고//내가 강물에 서서/ 국화 꽃잎을/가만히
입술에 문질러 띄운다//서러운 가을을 띄운다 – 성종화,
〈국화〉 전문(1954년 개천예술제 차하(3석) 입선)

스스로가 나를 찾지 않으면 안 된다는 것은
확실히 슬픈 현상이 아닐 수 없다

어느 날 나는 회진灰塵된 초토焦土 위에서
거울 한 조각을 주워 푸른 하늘을 담고
처음으로 나를 발견하는 순간을 가졌다

내 투명透明하지 못한 동공瞳孔에서는 무엇인가 늘
부족한 짐승 같은 그러한 것을 발견해야만 했다

내 이마에는 여드름도 두셋 솟아 있다

아침저녁으로 두 끼 빵이라도 먹어야 한다는
현실을 나는 거울 한 조각 속에서 읽어야 한다

나는 이 깨어진 거울 속에서 푸른 하늘과
마주선다는 것은 얼마나 슬픈 현실인지를
가슴 아프게 또 느끼지 않으면 안 되었다

나는 내가 처음으로 하늘을 반역反逆한 자였고
또 무한無限이라는 힘을 믿지 않았다

그것은 내가 열여덟 해 동안 무서울 만큼
지켜 와야 하던 진리眞理였다

— 성종화, 「자화상自畵像」 전문

(1955년 개천예술제 한글시 백일장 장원壯元)

　고등학교 1학년 성 시인의 시적 구상력은 마냥 놀랍기만 하
다. '바다가 파아란 하늘을 이고 살 듯', '그저 그리운 마음이 구
름처럼 부푼다', '그만 흙이라도 되고프고', '샘에는. 티 없는
하늘이 물속에 빠졌다', '흰 구름이 노를 저어간다', '바가지를
든 소녀가 하늘이 흐려질까 봐', '국화 아래에 가을을 베고 누우
면 가슴이 높다', '내가 강물에 서서, 국화 꽃잎을 가만히 입술
에 문질러 띄운다' 등의 표현은 언어의 마술사처럼 우리의 마음
을 휘어잡는다. 만약 50년 전과 지금 달라진 것이 있다면, '나는

내가 처음으로 하늘을 반역反逆한 자였고 또 무한無限이라는 힘을 믿지 않았던' 젊은 시인이 이제는 무한한 자연의 힘과 비밀스런 존재가 삶의 한 가운데에 있다는 것을 알게 된 것뿐이다.

김종원 시인은 성 시인이 1955년 개천예술제 한글 시 백일장에서 장원으로 뽑히는 날, 그 날 참가자들의 면면을 아주 자세하게, 마치 어제 있었던 일처럼 기록해 두었다.(김종원, 『시의 고향』 머리글, 1989. 창조사) 지금 그 기록을 읽어보면 그 때 선망 받던 문학 소년이 오랜 시간이 지나 다시 시인의 세계로 복귀했다는 것에 누구나 감격하지 않을 수 없을 것이라 생각한다. 김 시인은 성종화 시인의 첫 번째 시집 『고라니 맑은 눈은』을 대하면서 '여전히 때 묻지 않은 감성과 맑은 서정, 순수한 에스프리를 간직하고 있음을 알 수 있었다' 고 말하고, 그가 지금까지 시 짓기의 끈을 놓지 않았다는 것은 성 시인의 '숙명' 이라고 말했다.

강희근 교수는 최근에 '후문학' 이라는 새로운 용어를 만들어 내었다. 그 말의 뜻을 3인 문학 작품집 『남강은 흐른다』(2015. 월간문학출판부)의 작품해설에서 잘 설명하고 있다. 강 교수는 3인의 작가 정재필, 성종화, 정봉화에 대해서 언급하면서, 이들은 젊은 시절 쟁쟁한 문학도였다가, 그동안 중단했던 문학 활동을 정년의 나이에 다시 시작했다는 공통점을 들고 있다. 이 문인들의 공통점이 바로 '선 인생, 후 문학' 이라는 것이다. 먼저 인생살이에 몰두했다가 여유를 갖는 시기에 다시 문학인으로 살게 되었다는 뜻을 줄여서 '후문학파' 로 명명했다.

강 교수는 후문학파에 긍정적인 의미를 부여했다. '선 인생'

의 풍부한 체험세계가 그대로 '후 문학'의 시적 표현으로 피어나게 될 것이므로, '선 문학파'가 '이룰 수 없는 인생론적인 노숙, 노련, 노장의 내실이 자리 잡게 될 것'이라고 한다. 그리고 강 교수는 성 시인의 시에 대해서 '선 인생에서의 체험적 분량이 노련한 기법 위에 얹혀 들고 있다'고 평가했다. 후문학파라는 용어는 100세 시대를 바라보는 오늘의 상황에서, 장차 수많은 후문학파 시인을 기다리게 하는 예견이 될 것이다. 아주 탁월한 통찰이라고 생각한다.

강 교수의 해석처럼 성종화 시인이 후문학파에 속하는 한 사람의 시인으로 평가되는 것으로 충분한가를 생각해 보았다. 나는 성 시인의 시인으로서의 삶을 후문학파라는 여유로운 우연성보다는 시인으로서 삶의 필연성에서 이해하고 싶다.

지방의 어느 일간지가 성 시인의 두 번째 시집 『간이역 풍경』에 대한 소개의 글머리에 썼던 말처럼, 그를 어떤 필연성에서 보려 한다. '시인의 숙명이란 이런 것일까. 오랜 세월의 간극도, 두꺼운 현실의 벽도 시인의 DNA를 지닌 그의 앞을 가로막지는 못했다. 어릴 적 문재文才였던 그가 시인의 울타리로 돌아오기까지는 50년이 걸렸다'라고 적었다.(『남강은 흐른다』 머리말 - 책을 내며) 그렇다. 여기서는 숙명이란 말로 성 시인의 시인으로서의 필연적인 운명을 설명했지만, 한 시인이 시인으로 살아야 할 시대적 사명과 관련된 필연성이 진정한 필연성의 의미일 것이라고 생각된다. 성 시인의 시가 갖는 의미를 시사적詩史的인 자리매김의 필연성에서 이해해 보고 싶다.

성 시인은 자신의 시적 감수성이 순수한 서정시심에서 출발했다고 말했다. 분류하기 좋아하는 사람들이면, 분명히 성 시인은 청록파 박목월 시인의 초기 순수서정시를 많이 닮아 있다고 말할 것이다. 또 청록파는 1930년대 정지용, 김영랑 시인의 시문학파와 맥을 이어있고, 이 시문학파는 다시 1920년대의 김소월, 한용운의 서정시로 거슬러 올라간다. 또 그 위로 더 올라가면 한국시가의 중심적인 동선인 향가나 고려가요로 소급해 갈 수 있다고 한다.(2012년 3월 시문학파기념관 개관기념 학술대회에서 행한 고려대 최동호 교수의 주제발표에서) 그렇다면 청록파 박목월 시인은 어떤 시대적인 의미나 사명을 가지고 있었을까를 생각해 보게 된다.

청록파를 시문학파의 후계라고 말하는 이유는 단순히 그들이 정지용 시인의 추천을 받고 문단에 등단했다는 것뿐만 아니라 순수 서정시를 지향하는 시적인 지향점이 시문학파의 정신적 후계자로 연결되어 있다고 보는 것이다.(위의 학술대회에서 행한 서울대 오세영 교수의 발표내용)

실제로 1930년대는 문학외적인 상황으로 일제하의 민족 억압과 민족운동의 탄압, 일제의 국어말살정책으로부터 모국어에 대한 의식 고조 등의 시기에 시문학파가 시작되었다면, 이런 상황과 더불어 청록파는 해방 후의 사회적인 불안, 좌우대립의 정치적인 혼란 등이 그들의 순수 자연서정시로 승화시켜가게 했을 것이다. 마치 이웃나라 프랑스가 혁명기에 접어들었을 때, 독일 철학은 오히려 내면적인 의식과 관념의 세계로 파고들어

독일관념론(German Idealism)을 완성시켰던 것처럼 말이다.

특히 박목월 시인은 자연서정시를 성숙시켰고, 순수 우리문화의 전통을 이어가려 했다. 다른 청록파 시인들과 달리 박목월 시인은 가장 우리말을 많이 사용했던 시인으로 통한다.(우리말 사용량, 박목월 46.76%, 조지훈 8.3%, 박두진 41.7% - 한자어 사용량, 박목월 26.7%, 조지훈 91.7%, 박두진 41.7% - 참조 이상호, 청록파연구) 박목월의 자연서정시는 그 시대적인 사명으로 해방기의 혼란과 갈등을 보다 근원적인 자연 질서 속에서 치유하려는 의도가 담겨 있었으며, 그 시대의 정신적인 공백을 자연의 순수성, 관조적이고 정적인 태도로 순화시키는 것에 의미를 두고 있지 않았을까 한다.

정한모 교수는 청록파 시인들은 식민지배로 고향을 잃어버린 민족에게 새로운 고향과 상상적 지대를 마련해 주었다는 점에서 의미가 있다고 평가한다. 그렇게 보면 청록파의 자연은 현실에 대한 대안으로 그려진 낭만적인 자연세계라는 공간이었다고 본다. 그래서 청록파를 그 시대적인 사명에서 볼 때 시적 표현의 필연성이 그 시대 안에서 스스로 솟아난 것으로 봐야 한다.

청록파 이후의 한국의 순수 자연서정시의 계승에 대해 문학평론가 정과리 교수와 대화해 보았다. 정교수는 실제로 청록파 시인들 안에서도 서로 개인적인 차이가 있었기 때문에 그들이 활동했던 시기 이후로 한 줄기로 이어지는 청록파의 시사적인 흐름은 단절되었다고 보아야 한다고 했다. 그러면서 그는 현재 활동하고 있는 자연 서정시의 시인 몇 분을 내게 소개해 주었다. 나는 성종화 시인의 시를 청록파 시인들 중에서 박목월 시의 맥을 이어가고 있다고 보고 싶다. 초기의 청록파 시인보다 성 시인의 시가 더욱 응축적이고 구상적具象的인 것은 사유의 존재론적인 지평을 열어주고자 하는 열정이 시심 바닥에 터 잡고 있어서라고 해야 하지 않을까?

아름다운 자연을 감미롭게, 또는 아름답게 그려주고 자연을 그 자리에 안주시키는 것은 하이데거식으로 말하면 존재적 (ontical)인 접근이다. 그러나 자연을 형상화시켜주면서, 우리가 잊어버렸거나 또는 잃어버린 자연 본성, 즉 존재의 본질에 대한 각성을 일깨우고자 하는 것은 하이데거식으로는 존재론적 (ontological)인 접근이 된다. 그 차이는 엄청난 차이이다. 여기서 우리는 성종화시인의 시가 존재론적이라는 점에 주목해야 한다.

민들레꽃씨가/바람을 타고 있다//어찌 알랴/그 불리어 가
는 데를//영혼도//어느 날/흰 구름 한 점으로//바람에 불
리어/그 사라져 가는 데를 – 「민들레꽃씨」 전문

성 시인의 시 속에 엿보이는 시인으로 서는데 필연적인 이유는 박목월 시인의 그 시대와는 다르다는 점을 상기해야 한다. 물론 서정시라는 범주 안에서는 박목월의 시와 맥을 같이하고 있는 것은 분명하다. 그러나 해방 후의 시대적인 상황이 박목월 시인의 시작詩作적 이유라면, 성종화 시인은 오늘 우리 시대의 상황에 대한 존재론적인 반성이 시작적 이유라고 봐야한다. 필

자는 성 시인이 후문학파의 시인으로서 다시 시를 쓰게 되는 숙명이면서 필연적인 이유를 다음의 두 가지로 요약할 수 있다고 생각한다. 하나는 현대시 세계에 대한 반성이며, 다른 하나는 우리가 살고 있는 현대사회에 대한 반성이다. 그런 이유 때문에 성종화 시인의 시가 나타나야할 필연적인 이유가 이 점에 있다는 것이다.

먼저 현대시 세계에 대한 반성은 문학평론가 김봉군 교수가 제1시집 『고라니 맑은 눈은』의 평설에서 잘 지적하고 있다. 현대에는 "이미지즘과 주지주의시, 사회시, 도시시, 해체시가 '머리'와 '의지'를 자극하고, 개인주의적 상상력의 쇄말주의가 시의 영토를 지배하여 왔다."고 말한다. 그리고 김 교수는 생태주의 시가 자연성 회복을 외치고 있지만 여러 가지 한계에 부닥치고 있다고 탄식한다. 그래서 "우리 시단에서 자연서정의 가뭄 현상은 심각하다"는 것이다. 여기서 이러한 시대적인 여건이 성종화 시인으로 하여금 순수 자연서정시를 들고 나온 이유가 되지 않을까 생각한다. 그리고 청록파 박목월 시인의 초기에 가졌던 순수 서정시의 맥을 이어가려고 한다고 생각한다. 그런 관점에서 김봉군 교수는 성 시인에 대해서 "그의 시적 감수성은 우리의 가슴과 머리에서 고갈된 서정의 고향을 간절한 어조로 환기시킨다."라고 말하고 있다.

성 시인이 단순히 위와 같은 이유, 즉 순수한 자연서정시를 통해서 시적 정신의 본질을 회복하려 했다고 본다면, 여기서 최근의 생태주의 시들과 구별되는 것이 무엇인가고 물을 수 있다.

우선 성 시인의 시가 존재론적인 의미를 추구하고 있다는 점에서 일단 이 생태적 자연시와 구별된다고 봐야 한다.

'존재', '존재론적' 이란 말이 형이상학적, 철학적이라는 말과 유사한 의미에서 사용되고 있지만, 존재론적이란 말은 더 깊은 의미를 가진다. 존재하는 것들의 근본적인 근거, 또는 근원이 되는 것을 탐구하는 것을 존재론적이라고 한다. 존재하는 것들의 대칭적인 것은 존재하지 않는 것, 즉 비존재이며, 삶과 생명의 대칭적인 것은 죽음이다. 죽음에 가깝게 다가가 있는 것은 고독이고 소멸이며, 체념이고 무위無爲이고 무無다. 이런 시제를 두고 노래하지 않을 경우에, 시가 감미롭고 달콤할 수는 있어도 본질적인 것을 은폐 시키고 호도하고 최면 시키는 것이 되고 만다. 그 근원의 깊이를 열어주는 것이 존재론적인 접근이다.

성 시인의 또 다른 하나의 시작적 이유는 현대사회의 상황이다. 현대사회를 우리가 디지털 정보 문화의 사회라고 부른다. 그러나 그 밑바닥은 소유와 독점과 지배와 욕구충족으로 조작되고 왜곡된 사회가 되었다. 그것 때문에 현대 사회는 배제, 무시로 인한 인간의 소외현상과 물건 가치로 계산되는 인격성의 물화物化현상이 심각한 문제로 떠오르게 된다.

성 시인은 현대의 도시화, 공업화, 인간의 개성적 가치가 매몰되고 평준화되고 모든 것이 단일가치로 평가되어버리는 사회에서 무엇을 얻고 무엇을 잃었는지도 모르는 이 시대에 시를 통해서 인간의 본래성을 회복시켜보려고 애쓰고 있다. 그래서 그는 순수하고 신비스럽고 비밀스런 존재에 대한 그리움과 동경, 거기로 되돌아가 보려는 마음을 표현하고 있다. 그런 의미에서의 그의 시는 철저히 존재론적이다. 왜냐하면 존재의 진실에 다가가게 하는 방책으로서 그가 가진 재능인 시작적 사유를 펼쳐 놓은 이유이기 때문이다.

> 마음을 열고 비우다 보면/그 비움에서 오는 충만함//잔잔한 여운으로/내 안을 바라볼 수 있게 되리라//먼 산 바라보고 앉으면/마음 비움에서 오는 무심//뒤 숲 속의 작은 새소리/추녀 끝의 풍경소리마저도/내 안을 충만으로 가득하게 하리니 -「텅 빈 충만」 전문

> 왜 홀로 사느냐고/함께 있음이요 전체가 되기 때문에//왜 홀로 사느냐고/보이지 않는 존재와 대화가 이루어지기 때문에//왜 홀로 사느냐고/사소함에도 삶을 누릴 수 있음을 알기 때문에//왜 홀로 사느냐고/촛불을 끄고 내 안에 귀를 맡길 수 있기 때문에//왜 홀로 사느냐고/너와 내가 하나가 될 수 있음을 알기 때문에 -「홀로 사는 즐거움」 부분

오늘 이 시대는 더욱 마음을 열어야 하고, 마음을 비워야 하고, 작은 새소리나 추녀 끝 풍경소리에도 귀 기울여야 한다. 그리고 홀로 있어서, 근원적이기 때문에 보이지 않는 존재와 대화하며, 내 안의 소리에 귀 기울이면서 너와 내가 하나 되는 것을 기대하는 것이 바로 이 시대가 상실했던 자연이다. 소유와 욕망

체계에 의해서 구축된 현대의 도시문명에 대한 처절한 반항이 여기에 적혀 있다. 그래서 순수하게 비움, 내려놓음, 사랑 등을 강조하는 존재의미를 추구하고, 존재의 진실에 다가가려는 열망을 담고 있다. 우리 앞에 심각하게 다가선 딜레마는 바로 소유 욕구냐 존재갈망이냐.

성 시인은 자신의 시 짓기의 첫 번째 이유를 거론할 때, 그의 어조는 부드러웠다. 그는 우리의 고갈된 서정의 고향을 간절한 어조로 환기시키거나, 간곡하게 부탁하고, 애걸하듯 초청했지만, 두 번째의 이유에서는 그 상황이 너무나 급박하고 절박하여, 우리의 고향인 근원자연으로 되돌리도록 적극적으로 충고하고, 꾸짖고, 나무라고, 다그치는 마음으로 시작詩作을 하고 있음을 느끼게 한다.

50년간의 침묵 이후에도 녹슬지 않은 시적 상상력과 시적 감성이 살아 있어서, 왜 그가 오랫동안 '시작詩作의 일식日蝕'의 기간을 가져야만 했는지를 묻는 것은 무의미한 일일까? 성 시인 자신이 첫 시집 『고라니 맑은 눈은』의 책 뒤에 나온 글 '내가 다시 시를 쓸 수 있을까?'에서 시인의 길을 접을 수밖에 없었던 안타까운 사연을 적고 있다. 가세가 기울고, 하나밖에 없는 누이동생이 병으로 앓아눕자 불가피 자신이 가고 싶었던 길을 접을 수밖에 없었다.

시인은 그 때의 마음을 이렇게 그 어머니의 가슴을 빌려서 전하고 있다.

꽃봉오리 피지 못하고 이승을 떠난 누이/어머니 가슴으로
뻐꾹새가 되어 돌아와/아침 한 나절을 슬프게 울고 가네//
하얀 들찔레꽃 핀 길목에 나와 앉으면/가슴은 까맣게 탄 산
뽕나무 오디열매/저 앞산 청솔은 왜 저리 푸르기만 하나
－「뻐꾹새가 되어」 전문

　성 시인은 한두 번, 시를 계속 쓸 수 있는 직업을 얻을 기회가
있었지만, 번번이 그 길은 좌절되고 말았다. 성 시인은 직장생
활 처음 20여 년 간의 어려움을 다음과 같이 회고하고 있다. '지
나고 보니 이 시기가 나에게 가장 힘든 때였다는 생각이 든다.
개성에도 맞지 않고 정서적으로도 너무 메마른 그런 환경에서
의 생활이었다.' 그럼에도 불구하고 그가 힘든 생활전선에서
보존하고 있었던 것이 있었으니, 서정시에 대한 열망이었다. 검
찰직공무원의 자리를 그만 두고 개인 법무사 사무실을 내면서
좀 더 자유로운 시간을 얻게 되었다. 그 이후 20여 년간 성 시인
은 자신의 시적인 감성을 자기 내면의 깊이에서 시인의 열정을
승화시켜 왔다고 생각한다. 그렇지 않고서는 50여 년이 지난 이
때까지도 젊은 시절의 탁월한 시적 감성을 유지할 수 없었을 것
이다.
　시적 능력은 천부적이어서 침묵하는 시간이 재능을 무화시
키는 것은 아니란 생각을 하게 한다. 앞서 김봉군 교수가 언급
한 우리 시단의 자연서정시 가뭄현상의 심각성에 대하여 우리
는 성종화 시인의 존재론적 순수서정시를 주목해도 좋을 것 같

다. 그리고 성 시인은 청록파 박목월 시인의 초기 순수서정시의 흐름에 서있다고 보아도 될 것이다. 성 시인은 박목월 시인의 초기 시의 세계가 중단된 사정에 대하여 분명히 안타까워하고 있다

> 누가/목월木月을 구름에 달 가듯이 가게 두었나//안으로 고요히 잠겨 가라앉은/신라 천년의 내력을/그의 붓으로 시를 쓰도록 아니하고//만술萬述 아비의 무지와 가난을/따스한 이웃의 이야기로/그로 하여금 시를 쓰도록 아니하고//누가/적산가옥 2층 다다미방에서/그에게 추운 겨울밤이 깊도록/내일의 용전用錢이 될 지폐와 바꾸어야 하는/글을 써야만 하게 하였나//그에게/산이 있고 구름이 있고 달이 있어서/청노루 맑은 눈으로 시를 쓰게 하였다면//아/이 땅에 목월이 있어서/그가 남긴 시 농사로 창고가 그득하여졌으리라//그가 일군 땅에서/오늘도 시의 농사꾼들이/땀 흘리며 청록靑鹿의 아름다운 시를 즐겨 쓰고 있으리라   주) 만술아비는 박목월의 시 「만술아비의 축문」에서 따온 인물의 이름임. - 성종화, 「목월이 가고」 전문

우리는 성종화 시인이 무위의 자연에서 들려오는 존재의 목소리를 시적 영감으로 받아 적어서 오늘의 우리 시단에 전해주기를 소망한다. 그리고 성 시인의 시업詩業에 큰 발전이 있기를 기원한다.